文學札記

黃國彬著

三民叢刊 84

三民書局印行

自序

黃國彬

一

《文學札記》所收錄的評論文字，和我過去的評論一樣，大致可分為概論和專論兩類，篇幅由千多字到二萬多字不等。概論談文學現象、文學趨勢；專論則詳細分析個別作家的作品和風格。

和過去的評論集比較，《文學札記》裏討論五四時期和當代中國大陸文學的篇幅較多。此外，過去的評論大都談詩和散文，《文學札記》則開始探索小說創作的領域。

二

一九八六年九月到一九九二年八月，一直在多倫多生活。由於種種原因，供我寫作的時間十分有限。不過說也奇怪，在多倫多的幾年間，所寫的評論文字倒不算太少。多倫多是英語社會，誠然不能為中文文學提供理想的發展空間，與臺灣、香港、大陸相差甚遠，但近年來由於移居當地的華人越來越多，以中文溝通、寫作的移民也頗能同聲相應，經常舉辦各種與中文有關的文學活動。在這塊二十世紀的劍外福地，我就應邀出席過多個座談會和講座；本集有三篇長文（《火劫後的新綠——「文革」以後中國大陸的新詩》、《回顧新文學運動的航向》、《傷痕之花——一九七六年以後中國大陸的文學》）就是座談會或講座的發言稿，或據當時的發言大綱寫成。此外，在多倫多的幾年，一直與香港、臺灣的朋友、編輯聯絡，有他們在中文文學的海洋「推波助瀾」；結果我雖然遠處安大略湖畔，卻一點也不寂寞；我多年來賴以自娛的文學小槎，並沒有在萬里外的洲渚擱淺。例如本集的《在七度空間逍遙——錢鍾書談藝》，就是黃維樑兄為《聯合文學》編錢鍾書專輯時促成的文學之旅。

一九九二年八月，經過將近六年的劍外棲遲之後，再度返回中文文學的中原。所謂「中文文學的中原」，是今日的香港、臺灣、大陸。我置身於輻輳之地的香港，既可東瞻，亦可北望，而且能夠近距離接受文友的督促「慫恿」。近年來，梁錫華兄和黃維樑兄分別在嶺南學院和中文大學推動中文文學。我返港後，曾多次參加他們策劃的文學座談會、研討會，結果我的文學之槎，又航行了好一段旅程。例如本集的《海內外的浪漫派》和《筆足所履》，就由錫華兄促成；《詩人與社會責任》、《詩人與政治》、《從一元化到多元化——中國大陸文學的發展趨勢》，則應維樑兄之邀而命筆。可見我在文學的海洋顛簸時，一直有可靠的星槎陪伴督促。

三

在文學的海洋中，我的小槎有時會航入偏僻的水域。本集的長文《智、仁、勇以外——魏京生的散文》，是這類水域中的一段航跡。

一九七九年，魏京生被捕時，我寫了一首詩向他致敬，發表在香港的《詩風》上。一九八九年，魏京生被捕十週年，我寫了一篇散文懷念他，在香港《星島日報》的星辰副刊上發表。一九九二年回港，到嶺南學院翻譯系任教，所授的課程中，有一科要求學生討論、分析一些與政治、社會、歷史有關的文章，課本《民主中華——中國民運文集》有魏京生的多篇作品。魏京生的作品，我在北京之春時期已經讀過，印象深刻；到了嶺南後，趁著講授《民主中華》之便，細讀了魏京生發表過的所有文字，覺得魏京生不但是智者、仁者、勇者，而且也是出色的散文作者；於是決定寫評論介紹他的散文。評論於一九九三年五月寫成，上半部於同年六月發表於何錦玲女士主編的《星島日報》星辰副刊，全文則刊登於林煥彰兄主編的《亞洲華文作家雜誌》九月號。評論發表後不久，欣聞魏京生出獄，於是把文章的下半部交丁望先生主編的《香港聯合報》發表，再向中國最傑出的民主先驅、民主鬪士致敬。這篇文章本來附有註釋，當時考慮到報章和雜誌的篇幅，沒有交給各位編輯；現在把註釋補上，說明引文的出處，供有意研究魏京生作品的讀者參考。

一九九四年九月十

文學札記　目次

第二輯

第三輯

第一輯

文學批評的隱憂

牛津大學出版社不久前出版的《牛津當代詩選：一九四五—一九八〇》，有一篇精彩的序。在這篇序中，編者恩賴特（D. J. Enright）提到當代的詩評時這樣說：「……埋怨文學批評，說它快要把詩扼殺，幾乎是徒勞了；近年來，文學批評扼殺文學批評的可能性更大。」然後，恩賴特引述詩人伊麗莎白・畢曉普（Elizabeth Bishop）的話：「看了一本評論季刊後，整個星期都沒有胃口讀詩；至於寫詩，更不用提了。」

恩賴特針對的，主要是歐、美的評論家，可是拿他的話來形容中國的批評界，也貼切得像定製的衣服。

中國傳統的文學批評（如詩話、詞話），概括多而分析少。在這種傳統裏，有的人能效佛祖拈花，使具有慧根的讀者像迦葉那樣微笑；有的人則遁入模稜的印象語裏當南郭處士，對作品既不能賞，又不能析。鑑於印象式批評的一些缺點，近人乃採用西方的批評方法救弊矯偏。出色的批評家兼採中西的長處後，的確爲中國的文學批評開拓了新境界。

可惜矯枉常會過正；能够融會中西的批評家畢竟少之又少。常見的一些，往往盡棄中國傳統之長，而遍採西方現代之短。這類批評家的文章大致有以下幾種毛病：一、濫用術語；二、小題大做；三、捨近圖遠；四、牽強附會；五、只知統計、排比；六、文字和思路欠通。

第一種毛病的癥結，在於一個「濫」字。任何學科都有術語；要準確地傳遞某些概念，術語有時候是非用不可的。可是近年來不少批評家似乎以爲，術語就是學問；其數目和評論的優劣成正比。於是他們在文章裏堆塞大量的術語，也不管這些術語用得是否貼切。朱麗葉說過：「名字有什麼呢？我們所謂的玫瑰／用別的名字稱呼也同樣芬芳。」（What's in a name? That which we call a rose/By any other name would smell as sweet.）這些批評家則認爲：「……我們所謂的玫瑰／用別的名字稱呼會更芬芳。」於是，他們動不動就稱玫瑰爲 Rosa rugosa；甚至爲它另鑄生詞、硬詞，表示自己比別人的嗅覺更敏銳。濫用的術語如果產生於中土，或者早已約定俗成，讀者還不致太辛苦；偏偏這些術語大都由批評家不太高明的譯筆硬譯、死譯而來；於是讀者就苦了。這類文章發表後，有識者不屑看，一般的讀者不想看，不敢看。批評家把讀者趕走後，文章就只有那些動輒稱玫瑰爲 Rosa rugosa 的幾個同伴欣賞，然後莊嚴地升上圖書館陰暗的書架，與世人隔絕。學術界有一些人，以爲學問與文章裏腳註和書目的多寡成正比，於是沒有需要時也註上加註，或者借書目來唬人。批評家濫用術語，大概也有這樣的心理。

有些批評家爲了揚名，也會向術語打主意的。他們見艾略特的「主客相應」（objective correlative）和「感覺的割裂」（dissociation of sensibility）爲無數學者轉述，成了無數論文的焦點，於是也想在文學批評的國度裏留名。某種意念或現象即使有現成而貼切的詞語來形容，他們也會立異標新，設法自鑄術語，把令人眩惑的人造彗星射入文學批評的太陽系裏，希望成爲哈雷。批評家要創新，本來無可厚非；就作品提出創見，更是他們的天職。可是爲立異而立異，就只會引起混亂，增加讀者的負擔。何況有些批評家的中文和外文造詣都不高，不善於自鑄新詞，把外國的概念中譯時常會曲解原文，蹂躪譯入語，砌出既生硬又含糊的詞組，令讀者「竟日持空螯」。其實，艾略特是最不喜歡濫用術語、最不喜歡虛張聲勢的批評家。如果術語、腳註、書目的多寡與一個人的學問成正比的話，艾略特大概是最沒有學問的批評家了。可是二十世紀英語世界的批評家中，沒有誰的見解比他更獨到，思路比他更清晰，文字比他更漂亮；說起理來，沒有誰比他更引人入勝；對於西方文學的認識，又沒有誰比他更全面更通透。他說「主客相應」，說「感覺的割裂」，不過是用最準確的詞語語(mot juste)表達他那瑩澈如水晶的思想罷了,大概沒有立心創造本世紀最流行的批評術語。然而世事就是這樣:大師無心揷柳,而柳成蔭;俗儒有意栽花,而花不發。

近年來,也有一些人說艾略特的批評方法過時了,落伍了,行情跌了;彷彿文學批評是時裝,是股票。然而五十年或一百年後,艾略特的評論儘管會受到某一程度的修正、調整,許多讀者仍肯定會從中獲得啓發。而這些人的評論,在期刊上出現後,預期壽命未必超得過十年、一季、兩個月、一個月。如果他們想爲自己的評論延年,我倒建議他們多看艾略特的文章;研究一下,這位大詩人兼大批評家何以能久視長生。

另一類批評家,不一定視術語爲學問,大概也無意借術語留名;只是他們生於商業發達的現代,想靠新裝潢推銷商品,於是以術語把平凡的觀念重新包裝。不過文學批評和推銷術有別;一個意念已經有耐用而又貼切不過的詞語來形容,也就不必叫讀者記誦同義的詞組了。在知識氾濫的二十世紀,讀書人已經被文字海淹得半死,批評家也就放過他們,不要加深他們的恐字病了。

爲了表現「科學精神」,批評家還會用廢話重複相同的意念。這種做法,錢鍾書早已諷刺過:

> 對一個和自己風格絕不相同乃至相反的作家，欣賞而不非難，企羨而不排斥，像蘇軾嚮往於司空圖，文學史上不乏這類異常的事。例如陸游之於梅堯臣，或歌德之於斯賓諾沙，波德雷亞之於雨果、巴爾扎克。歌德和柯爾立治都注意到這個現象，美學家還特地為它制定一條規律，叫做「嗜好矛盾律」(The Law of the Antinomy of Taste)。不過，那只是給了一個新鮮名詞，並未予以眞正解釋。在莫里哀的有名笑劇裏，有人請教為什麼鴉片使人睡覺，醫生回答說：「因為它具有一種『催眠促睡力』(une vertu dormitive)。」說蘇軾愛好司空圖或陸游愛好梅堯臣是由於「嗜好矛盾律」，就彷彿說鴉片使人睡覺是由於「催眠促睡力」，都只是裝模作樣，沒有作出任何解釋。❶

文中提到的美學家是凱恩茨(F. Kainz)。想不到錢鍾書寫成這篇文章後三十多年，中國也有那麼多的批評家靠「催眠促睡力」過活。

無須靠「催眠促睡力」過活的，也往往喜歡捨近圖遠：中國本來已經有簡單而直捷的方法，他們卻棄而不用，而要遠赴異域，搬來一些笨拙得多的技巧，搞得滿頭大汗才達到目的。從西安往洛陽，乘火車東行不久就可以到達了；有些人卻偏要朝相反的方向繞過地球，從上海登陸，然後經鄭州、榮陽、偃師西去。這樣走固然可以到達目的地，但未免太辛苦了。

和「捨近圖遠」同樣辛苦的是「小題大做」。某些論點，三言兩語或千多二千字就可以分析得一清二楚的了，許多人卻偏要花一萬八千字去兜圈子；作品的主題、意象、人物，用日常的語言就可以說得透闢的了，許多人卻喜歡搬來一大堆理論；理論之後更繼之以多餘的圖解。於是，讀者在一列列權威的面前卑微地走過，再陷入橫橫竪竪的坐標，大大小小的圓形、正方形、長方形、平行四邊形、三角形，或其他種種式式的幾何圖形，被直線、曲線、虛線綑綁糾纏，聽利箭霍霍地射過耳邊，眼花撩亂之外還要心驚肉跳。有一天，文學批評如果給搞垮了，這類評論應居首「功」。

中國的批評家受了西方的影響，每每喜歡借西方的理論分析作品。西方的理論用得恰當，常能助批評家批大卻、導大窾；和中國的傳統批評方法有機地結合，更無往而不利。可惜能活用西方理論的人不多。時下所見的一些批評家，常常喜歡削作品之足，去適理論之履。理論本身也許異常縝密；可是用非其所，勉強撮合，只會製造大量的怨偶。

另一些批評家，爲了力求客觀，則喜歡事事羅列、排比、統計。這些方式也許可以幫助他們證明某一論點，但應該只是手段，不應成爲目的。如果一篇評論盡是枯燥乏味的統計和排比，文學批評也就不需要人去做了；一部電腦豈不是更省事？

最後的一種毛病，則關乎批評家的文字和思路。今日的評論，清通流暢的少，詰屈聱牙的多。讀者面對不中不西的壞句、邏輯混淆的病句、扭曲夾纏的冗句長句，簡直是不得其門而入。文字是否流暢、思路是否清晰，決定於作者的頭腦。作者的文字夾纏，思路欠通，頭腦大概也好不到哪裏去。作者的頭腦有問題，就很難獲讀者的信任了。

百多年前，華茲華斯序《抒情民謠》（*Lyrical Ballads*）時說過：「詩人是什麼？他向誰說話？……他是向眾人說話的人。」在文學批評受到威脅的今日，我們不妨把華茲華斯的字眼改動一下：「批評家是什麼？他向誰說話？……他是向眾人說話的人。」既然是人，又要向眾人說話，說的應該是人話了。可是今日的批評家不見得都會說人話。上述的種種毛病，主要是批評家不肯說人話所致。向人說話是爲了溝通，可是許多批評家向人說話時卻似乎要把意義掩埋，把讀者全部趕走。要說人話，其實也不太難；只要批評家從高蹺走下來，丟掉無用的術語，不再削足適履，移岸就船，不再搞毫無生機、毫無靈氣的排比統計，不再畫無用的圖表，不再驅艦隊捕野鴨，然後棄遠趨近，小題小做，大題大做，設法寫好中文，就會口齒伶俐，說起明晰而又親切的人話了。批評家如果要繼續講腹語，踩著高蹺遠離人羣，有一天，文學批評恐怕眞的會給他們搞垮。

一九八六年五月一日

註釋

❶《中國詩與中國畫》，見《舊文四篇》（上海古籍出版社，一九七九年九月第一版），頁二四—二五。

詩人與社會責任

詩人有社會責任嗎？

這個問題，詩作者、詩讀者已經辯論多年，迄今仍沒有定論，此後大概也不會有定論的。

辯論的人大致上可分兩派：一派認爲，詩人應該肩負移風易俗、教化社會、改革社會的責任；不然就有忝厥職。另一派認爲，詩人沒有受社會的特別照顧，甚至常遭社會冷落，要他們負社會責任是不公平的。

的確，詩人像社會中的其他人一樣，沒有義務負額外的社會責任。如果他日間當醫生，當教師，那麼，他醫好了病人，教好了學生，就完成他的社會責任了。身爲詩人，唯一的責任是把作品寫好，其他一切都屬次要。以毛澤東在延安的講話爲玉律，要詩人光爲當時所謂的「工農兵」階級服務，只會產生反效果。延安文藝座談會後，大陸作家因「響應毛主席號召」而寫出的許多作品，就是這種反效果的明證。

如果詩人寫自己熟悉的個人題材，而能寫出好詩，即使沒有反映社會，沒有移風易俗，沒有盡「社會主義寫實」論者所謂的「社會責任」，仍不失爲好詩人，甚至不失爲極好的詩人。陶淵明、謝靈運、王維的許多作品，都不反映一般人所謂的社會問題，也沒有直接改革社會、教化世人，但都是佳作。其實，這些詩人在我們工作之餘，把我們帶進沒有污染的田園山水，讓我們在精神上鬆弛片刻，也就盡了很大的社會責任了。如果我們讀了陶淵明、謝靈運、王維的詩而有所頓悟，少製造點垃圾，少用點化學品，不再破壞臭氧層，不再污染環境，不再增加溫室效應，則這些作家的社會貢獻，可以媲美最出色的環保工作者。

當然，陶淵明、謝靈運、王維之外，還有更叫人景仰、更值得我們學習的詩人。在中國，杜甫是最佳的例子。杜甫除了寫個人、寫山水，還寫種種社會問題，而且又寫得那麼好。我們讀了他的《贈衛八處士》，會產生個人共鳴；讀了他寫夔州的山水詩，會爲此刻的三峽擔憂；讀了他的社會詩，又會受他仁民愛物的情懷所感動。不過這樣的詩人，二千年的文學史中只有一個；一般作者大概只能取法乎上，以他爲崇高的理想，盡人事而聽天命了；勉強承擔毛主席一類人物所指派的社會責任，反而會弄巧成拙。

盡人事而聽天命的做法，看似消極，其實並不消極；因爲在某些因素的推動下，詩人會覺得義不容辭，凜然負起一般論者所謂的社會責任。社會是鼓槌，詩人是鼓，不同的鼓有不同的敏感度。有些鼓，輕輕一敲，就會發響；有些鼓，要用力擊打才有反應。詩人固然要培養本身對社會的敏感度；但由於種種因素，敏感度總會因人而異。不過儘管如此，鼓槌的力量一大，我們就會聽到萬鼓齊鳴。一九八九年六月四日的神州，就是這樣的一根鼓槌。一九八九年六月四日，這根鼓槌一擊，大陸、香港、臺灣、海外所有的大鼓小鼓，以至多年不鳴的隱逸之鼓，都隆隆響了起來，爲中華民族的千萬英靈鳴寃。

一九九二年十月五日

海內外的浪漫派

一

在某一程度上，所有文學的發展都受經濟規律（其中包括市場的供求關係）影響。在十八世紀的英國，看小說的人多，於是撒繆爾・里察森（Samuel Richardson）、亨利・菲爾丁（Henry Fielding）、勞倫斯・斯特恩（Laurence Sterne）等小說家相繼湧現。在古希臘和伊麗莎白一世的英國，情形也差不多：大家喜歡戲劇，戲劇就興盛起來了。二十世紀九十年代，就社會人口的比例而言，需要文學和閱讀文學的越來越少，文學是很難昌盛的了。中外歷史雖然不乏英雄造時勢的例子，但時運太舛，英雄就會失去用武之地。

數十年前，愛爾蘭詩人葉慈稱自己爲「最後的浪漫派」。二十世紀九十年代，我們發覺，拿「最後的浪漫派」一詞來形容今日的文學家也十分貼切。

上面所說，是二十世紀的大趨勢。不過在這種大趨勢之下，「最後的浪漫派」肯定仍會獻身文學，鍥而不捨。此後，他們的發展方向大概有兩個：一個是利用電視、電影等媒介，與大眾文化結合，在種種局限中使文學普及。一個是孤軍作戰，關起門來寫《荒原》，寫喬埃斯式小說。無論何時，這兩個方向都會有人走，而且在某一程度上都走得通。在未來的日子裏，文學雖然不會再繁榮昌盛，但只要有人繼續關心文學，文學就不會死亡。

二

華文文學的發展，會受上述的大趨勢影響；華文文學❶作者也是「最後的浪漫派」。不過，今日的華文文學已經比四十年前發達。四十年前，用中文寫作的人大都居於中國大陸。當時的中文文學有一個中原；中文文學的正朔在北京，在上海，在整個中國大陸。一九四九年以後，許多用中文寫作的人流亡或移居香港、臺灣、海外；六四後流亡或移居海外的作家更多；結果中國大陸再不是中文文學的中原。用中文寫作的出色作家，北京、上海、天津、廣州、成都有，香港、臺灣、美洲、歐洲也有，而且人數不會少於大陸。以海外爲例，光是《世界日報》副刊所發表的作品就十分可觀。由於過去四十年移居海外的作家不斷增加，海外作家已組成頗爲龐大的陣容。當然，這些作家之中，如果有一部分重返大陸定居，華文文學的版圖就需要調整。有一天，如果民主降臨中國，神州的政治清明，移居海外的作家減少，經過一代、兩代之後，海外的中文寫作後繼無人，華文文學有式微的一日，也未可知。不過就目前的情況而言，華文文學顯然是三分天下有其一，或者是兩分天下有其一，甚至是三分天下有其二。

一九九〇年，劍橋大學出版社出版了一部《英語文學指南》（*The Cambridge Guide to Literature in English*），所錄作家的陣容十分龐大。今天，如果我們出一本《華文文學指南》，相信在書中列開的陣容不會太遜色。這樣看來，至少在未來十多二十年內，在懷土的華文作家落葉歸根前，華文文學仍會有很大的活力和韌力。

一九九二年十月六日

註釋

❶ 本文所謂的華文文學，指大陸以外（包括香港、臺灣）的中文文學。

詩人與政治

「吟風弄月」、「風花雪月」一類貶義詞，通常用來嘲笑詩人。散文家、小說家、戲劇家比較幸運，不需要戴這類帽子。批評者說詩人「吟風弄月」、「風花雪月」，是指他們脫離現實，不問世情，只知在空中樓閣馳騁玄虛的想像。

可是，說也奇怪，在世界文學史上，最現實、最問世情的政治，與詩人的關係似乎特別密切。迄今爲止，雖然還沒有人發表過準確的統計數字，但就我個人的粗略印象看，詩人與政治的關係，似乎比散文家、小說家、戲劇家與政治的關係密切得多。縱觀各國與政治有過關係的詩人，然後稍加統計，我們可以輕易列出這樣的一張名單：中國：尹吉甫、屈原、曹植、李白、杜甫、李商隱、王安石、蘇軾、郭沫若、臧克家、何其芳。英國：崴亞特（Sir Thomas Wyatt）、撒利伯爵（Henry Howard, Earl of Surrey）、席德尼（Sir Philip Sidney）、莎士比亞、米爾頓、馬維爾（Andrew Marvell）、布雷克（William Blake）、華茲華斯、拜倫、雪萊、撒孫（Siegfried Sassoon）、歐文（Wilfred Owen）、奧登。愛爾蘭：史威夫特、葉慈、希尼（Seamus Heaney）。法國：克雷蒙・馬羅（Clément Marot）、雨果、拉馬丁、阿波里奈（Guillaume Apollinaire）、沙爾（René Char）、聖約翰・佩斯（Saint-John Perse）。德國：歌德、席勒、海涅、格奧爾格（Stefan George）、茲崴格（Stefan Zweig）、布萊希特。意大利：但丁、塔索（Torquato Tasso）、阿爾菲阿利（Vittorio Alfieri）、雷奧帕爾迪（Giacomo Leopardi）、卡爾杜奇（Giosuè Carducci）、鄧南遮（Gabriele D'Annunzio）。西班牙：德埃斯普隆塞達（José de Espronceda）、加西亞・洛爾卡（Federico García Lorca）、亞歷山大（Vicente Aleixandre）。美國：詹姆斯・洛厄爾（James Russell Lowell）、龐德、艾略特（後來入了英籍）、羅伯特・洛厄爾（Robert Lowell）、費林格提（Lawrence Ferlinghetti）、堅斯堡（Allen Ginsberg）。蘇俄：茹科夫斯基、普希金、萊蒙托夫、馬雅可夫斯基、葉夫圖盛科、帕斯捷爾納克。智利：聶魯達。墨西哥：奧塔維奧・帕斯（Octavio Paz）。捷克：塞菲特（Jaroslav Seifert）。匈牙利：裴多菲（Sándor Petófi）。波蘭：密茨凱維奇（Adam Mickiewicz）。印度：泰戈爾。冰島：阿拉森（Jón Arason）。希臘：荷馬、西蒙尼德斯（Simonides）、蘇特索斯（Alexander Soutsos）、索羅摩斯（Dionysios Solomos）。古羅

馬：維吉爾、賀拉斯（Quintus Horatius Flaccus）。日本：中野重治、金子光晴。越南：潘佩珠……

名單裏的詩人，多少都與政治有過關係：或在作品中流露政治傾向，或以政治爲題材，或直接參與政治活動，有時候還會涉足軍事、外交。這張名單掛一漏萬，絕對不算詳盡，但所列的詩人已縱橫中外古今，足以組成一個「詩人黨」，與歷史上勢力最雄厚的政黨爭一日之雄長❶。要在散文、小說、戲劇的領域裏組成這麼龐大顯赫的陣容，恐怕並不容易。亞里士多德說過：「人，生來就是政治動物。」看了上面的名單，我們可以補充一句：「詩人，是政治動物的典型。」

詩人與政治建立關係，有多種方式。活在古代的可以出入宮廷，介入黨爭；活在現代的可以在政府中任職、參政，或者關心政治，投身政治，成爲某黨、某派或某一政治組織的成員。而無論活在古代還是現代，詩人都可以在作品中涉及政治題材，宣揚政治理想，提倡、捍衛某一政治觀點，影射、諷刺、筆伐心目中的異端邪說；或者在參與政治活動、認同某種意識形態後，調整世界觀和人生觀。

以介入政治的深淺程度衡量，上述的詩人可以分爲三類。第一類詩人，既不參與實際的政治活動，也不公開發表政見，只間接流露自己對政治的態度。第二類詩人，雖然不大參與實際的政治活動，卻在作品中流露愛國情操或政治傾向，捍衛或提倡某一政治觀點，並且以各種政治題材入詩。第三類詩人，坐言起行，不但在作品中涉及政治，而且以起義、參軍、從政等方式投身實際的政治活動。

第一類詩人，可以舉格奧爾格爲代表。格奧爾格一生富足，不問世事，長期在中歐和西歐各國遨遊，並在柏林、慕尼黑、海德堡等地度過了逍遙的歲月，是個「爲藝術而藝術」的作家，對詩和政治的態度頗像法國的戈迪耶（Théophile Gautier）[12]。不過由於他的《新帝國》（*Das neue Reich*）描繪了理想德國的藍圖，一九三三年後，被納粹黨的第三帝國用作宣傳工具。希特勒當了總理後，更聘他出任詩人協會會長。但是他避居瑞士，沒有應聘。表面看來，格奧爾格和政治似乎風馬牛不相及；但詩人出於良知，拒絕和納粹法西斯同流合污，無異用實際行動表明了政治立場，間接與政治建立了關係。

第二類詩人，人數比第一類多。公元五世紀的希臘詩人西門尼德斯，沒有和斯巴達人並肩作戰，卻應邀爲三百名殉國的斯巴達戰士撰寫感人的墓誌銘；西門尼德斯的同胞蘇特索斯，十九世紀時踵武拜倫和雨果，寫了許多愛國詩篇；古羅馬的維吉爾和賀拉斯，在作品中表現愛國情操；意大利博隆亞（Bologna）的文學教授卡爾杜奇，寫過卓越的政治詩；美國五十年代頹廢運動（the Beat movement）的健將費林格提和堅斯堡，在作品中月旦政治；

都可以列入第二類。

第三類詩人，比第二類詩人富傳奇色彩。其中包括中國的尹吉甫、屈原、李白；古羅馬的路卡奴斯（Marcus Annaeus Lucanus）；意大利的但丁、鄧南遮；法國的阿波里奈；英國的米爾頓、拜倫、歐文；法國的沙爾。這類詩人，都曾經投身（或被捲入）實際的政治活動；尹吉甫隨周宣王南征北戰；屈原在楚國的政治核心活動；李白坐永王璘之亂流放夜郎；路卡奴斯出入於暴君尼祿的宮廷，因密謀推翻尼祿而被逼自殺；但丁因介入意大利黨爭而流亡異鄉；鄧南遮蔑視凡爾賽條約，佔領非烏美（Fiume），擁護墨索里尼，爲法西斯張目；阿波里奈和歐文在第一次世界大戰期間爲國捐軀；米爾頓捍衛自由，反對專制，攻擊王權，英國共和時代當過護國公（Lord Protector）克倫威爾（Oliver Cromwell）的得力助手，攝政政體崩潰後被投進監獄，繳付巨額罰款後方免一死；拜倫致力於希臘的解放運動，齎志而沒；沙爾在第二次世界大戰期間，參加遊擊隊抵抗德國納粹法西斯的侵略。就政治立場而言，這些詩人不一定完全正確，有的（如鄧南遮）更誤入歧途，站在正義、自由、民主的反面。不過他們的活動往往動魄驚心，有時甚至招來殺身之禍。

第三類詩人，投身政治的程度有深有淺；並不是人人都像尹吉甫、屈原、但丁、米爾頓、拜倫那樣劍及屨及的。譬如杜甫、歌德、雨果、葉慈、聖約翰·佩斯、拉馬丁、聶魯達、奧塔維奧・帕斯，雖然也活動於古代宮廷，或參與政事，或負起外交任務，但由於從政的方式比較平和，所冒的風險較小③。

詩人與政治特別有緣，至少有兩個重要原因。第一，詩人（尤其是大詩人）活力過人，涉足政治是自然的發展。第二，政治對詩人的感召力和吸引力特大。

先說第一個原因。中外的大詩人，通常都活力過人。用心理學的術語說，他們的里比多特別旺盛，轉化為精力、活力或性慾時，往往非常人所能想像。譬如印度的泰戈爾，不但著作等身，而且致力多種社會活動。歌德活了八十三歲，創作之多，不在話下；感情之豐富，性慾之熾烈，也同樣驚人。在他的傳記裏，情人的名字幾乎和新作的題目一樣多。年逾七十，仍熱戀十七歲的小姑娘；七十四歲那年，向小姑娘求婚而見拒，寫出了《哀傷三部曲》（*Trilogie der Leidenschaft*）。拜倫的活力和浪漫情懷，中國讀者已知之甚詳。俄國的普希金，不但創作豐盛，而且到處留情。最後的一位妻子，據他自己所說，是他的第一百一十三號女人。里比多如此旺盛的詩人，讓精力、活力滔滔瀉入政治這條渠道，不是很自然嗎？至於他們為什麼不把精力、活力瀉進釣魚、集郵、收集藏書票等嗜好的溝洫，則有待文學史家進一步研究了。

再說第二個原因。詩人通常觸覺敏銳，感情豐富，有的懷著崇高的理想，有的抱著卑下的野心；而政治最能喚起人的良知、使命感、正義感、博愛心、權力欲、虛榮感，能滿足許多人的浪漫情操。於是，有使命感、正義感、博愛心、要治國平天下、爲社會、國家、人類做點事的詩人，會受政治感召，走上政治之途；不甘寂寞、喜歡投機、追求權力、要滿足個人野心的詩人，也會受政治吸引，一有機會，就像蟻之奔羶，犬之逐骨，欲罷不能。當然，也有一些詩人，走上政治之途，是因爲職業使然。可見詩人與政治發生關係的方式錯綜複雜；而詩人本身，又有正有邪，甚至正中有邪，邪中有正，面貌不一而足。以中國爲例，屈原、杜甫、蘇軾憂黎元，憂蒼生，與三十年代充當打手的「左聯」詩人比較，就有天壤之別。

儘管詩人與政治的關係如此複雜，涉足政治、而又在文學史上留名的，通常都是正面人物。由於這些詩人特別善感，崇尚自由、民主思想，能分清大是大非，每當社會罹艱，國家遭困，反應往往和革命家、思想家一樣敏銳。因此到了關鍵時刻，他們會不顧個人得失，像愛爾蘭詩人詹姆斯・蒙根（James Clarence Mangan）或第二次世界大戰後的猶太詩人格倫堡（Uri Zevi Gruenberg）那樣，爲民族挺身而出。有的更像拜倫或沙爾那樣，拔劍而起，荷槍而戰。這種強烈的是非感和正義感，可以在匈牙利詩人裴多菲的作品中見到：

自由，愛情！
二者皆我所需。
為了愛情，我會犧牲
性命。
為了自由，我會犧牲
愛情。

正因爲如此，世界才會有那麼多的詩人，終身爲民主、自由、人權奮鬬。和民主、自由思想同樣吸引詩人的，是社會主義和共產主義。自社會主義、馬克思主義出現，列寧在俄國奪權成功，建立了蘇維埃獨裁政權後，東西半球有不少詩人彷彿看見了烏托邦，紛紛起來響應；左傾成了銳不可當的潮流，歌頌社會主義、共產主義的詩篇紛紛湧現。不說蘇聯、東歐、中國、拉丁美洲；即使松尾芭蕉的日本，天皇之下的日本，也有中野重治一類「革命詩人」。

社會主義和共產主義未經實驗之前，理想崇高，口號動人，是知識分子的鴉片。一般詩人缺乏喬治・奧威爾的睿智，不愼入彀，是可以理解的。不過一時的天眞、幼稚、投機，日後往往要付出極高（甚至最高）的代價。蘇聯的馬雅可夫斯基，就是個典型例子。這個蘇聯「革命詩人」，十五歲就參加俄國社會民主黨的布爾什維克派。一九一七年「十月革命」後，爲共黨宣傳不遺餘力：一九一八年發表《神秘滑稽歌劇》，描寫無產階級如何戰勝資產階級；一九一九年發表《150,000,000》，敍述伊凡如何與代表資本主義的威爾遜鬪爭；一九二四年發表《佛拉基米爾・伊里奇・列寧》，把地球上第一個共產政權的獨裁者塑成人類的救世主；一九二七年發表《好極了》，慶祝「十月革命」十週年；一九三〇年自殺。

一九〇九年七月，生活在「舊社會」的馬雅可夫斯基，因煽動罪被俄國政府逮捕，坐了六個月的牢。出獄後，到莫斯科學院唸繪畫、雕刻、建築，成爲有名的未來主義藝術家。在資本主義社會裏，他可以驚世駭俗，出版《摑大眾品味的耳光》一類書籍，而且活得不錯。到「好極了」的「十月革命」成功，「新社會」在蘇聯出現，他卻要自尋短見。這樣的結局，「十月革命」之前相信誰也料想不到。

馬雅可夫斯基的悲劇，不光在蘇聯上演；日後還以更大的規模搬上中國的政治舞臺。二十年代到四十年代，中國的「進步詩人」、「革命詩人」，利用「舊社會」所賦予的自由，變成正義的化身，勇猛地攻擊「舊社會」，爲中共製造輿論，爲「統一戰線」奔走。結果呢，上帝答應了他們的禱告，讓中共「解放」了他們。讓他們在「新社會」裏噤口；五十年代成爲「右派」;「無產階級文化大革命」爆發後,成爲「牛鬼蛇神」,下放的下放,繫獄的繫獄,挨鬭的挨鬭,自殺的自殺;都一一爲昔日的「前進」和「革命豪情」付出高昂的代價。

在別的國家,詩人與政治拉錯了關係,所付的代價雖然較低,可是一旦發覺昔日擁護的制度或主義並不是自己要見到的那種,也會感到失望、沮喪,失去生命航向的。英國浪漫派詩人華茲華斯,就嚐過這樣的痛苦。華茲華斯早期擁護法國大革命,後來見革命淪爲雅各賓式獨裁,感到吃驚。一七九八年法國佔領瑞士,他更感到失望、沮喪。此後,他漸趨保守,叫另一位浪漫派詩人濟慈驚愕不已。

由於歷史推移,詩人與政治發生關係的方式,會不斷改變。在古代,詩人可以置身宮廷,歌頌帝王,或者在封建制度中謀求一官半職,然後寫自己喜歡寫的作品。在這樣的環境裏,詩人如果不謀反,不寫敏感題材,創作的天地仍頗爲廣闊。唐朝的中國、奧古斯都的羅馬、伊麗莎白一世的英國,都足以證明,在某些國家的君主制度下,詩人如果不太倒霉,無須活在雍正一類暴君之下,創作仍大有可爲。

到了近代,由於自由、人權、社會主義、法西斯、納粹、共產等思想和政治組織相繼湧現,詩人與政治的關係變得比以前複雜。以前,詩人要與政治建立關係,除了出入宮廷,介入黨爭，在作品中表現愛國或仁民愛物的精神外，可走的途徑不會太多。到了近代，政治之途旁出橫生，多不勝數：詩人可以像鄧南遮那樣保「皇」；像雨果那樣反皇；像裴多菲那樣爲自由而奮鬪；像拜倫那樣爲民族獨立運動而犧牲；也可以像許多左傾詩人，爲意識形態宣傳奔走；或像塞內加爾的狄奧普（David Diop）、象牙海岸的達迪誒（Bernard Dadié）、尼日利亞的奧撒德貝（Dennis C. Osadebay），抗議殖民主義。有的詩人，可以在信仰某種意識型態多年後，覺今是而昨非，幡然改途，加入另一陣營。

在二十世紀的民主國家，按理是沒有什麼可反的了。但事實並非如此；民主國家的政治舞臺，仍有角色供詩人扮演。詩人可以像詹姆斯・洛厄爾那樣，抨擊蓄奴制；可以像詹姆斯・洛厄爾的曾姪孫羅伯特・洛厄爾那樣，在第二次世界大戰期間拒絕服兵役而入獄。當然，他們還可以像六十年代的美國青年，投身反越戰示威。

二十世紀的政治舞臺，還有另一顯著特色。那就是，在某些國家，詩人非要接觸政治不可。在二十世紀之前，詩人如果無心涉足政治，大可以敬而遠之。在古代的中國，他們可以遁跡山林，不理會政府，也不讓政府干涉。自己所擁護的政權結束，新的王朝成立，如果他們無意效法伯夷、叔齊，大可以留在山中當遺老，寫遺老詩。可是到了二十世紀，尤其在共產政權紛紛成立後，詩人再沒有這種自由。生活在共產政權之下的詩人，都得參加黨的文藝組織，並且按上級的意旨，無條件爲黨、爲領袖服務。不能像陶淵明那樣「守拙歸園田」；更不能像王維那樣「萬事不關心」。他們必須在領袖的指揮下，爲黨宣傳，關心黨的專政。稍有踰越，就要挨批、挨鬥、勞改、坐牢，甚至被凌遲、被處死。古羅馬時代，卡圖路斯（Gaius Valerius Catullus）抨擊過凱撒大帝，道歉後獲赦。中國的李白，在流放夜郎途中，欣聞肅宗龍顏舒展。英國的崴亞特，遭亨利八世屢次逮捕，又屢次獲釋。法國的雨果，膽敢猛烈抨擊拿破崙三世，將獲特赦時仍不回國，繼續頑抗到底。從這些例子裏，我們可以看出，古代皇帝的天威雖然難測，伴君雖然險如伴虎，但古代詩人的處境，要比二十世紀共產政權之下的詩人好。

不過無論是古代還是現代，詩人一旦觸及政治，作品就會受到積極或消極的影響。所謂積極的影響，是指政治能提高作品的境界，助詩人開拓新的疆域。以法國詩人克雷蒙・馬羅爲例，由於他有機會與意大利費拉拉（Ferrara）宮廷接觸，諷刺才華得以發揮。克雷蒙・馬羅的同胞多比耶（Agrippa d'Aubigné），諷刺政治人物和政治事件時，也寫出了深刻的《悲劇演員》（*Les Tragiques*）。此外，克什米爾二十世紀初期的詩，也由於接觸政治而變得活力盎然。馬渚爾（Ghulam Ahmed Mahjur）、考爾（Zinda Kaul）、納迪姆（Nadim）、拉希（Rahi）等詩人，都因爲受了政治的影響而找到新的創作方向。

在二十世紀的英語世界，政治詩寫得最出色的，大概要數愛爾蘭詩人葉慈。葉慈早期的詩，如《烏辛漫遊記》（The Wanderings of Oisin），以古代神話爲題材，與現實世界距離較遠。後來詩人介入政治，並以政治入詩，開拓了另一境界，作品由早期的婉柔飄渺變爲中期和後期的遒勁、老辣、雄渾。今日，翻開《葉慈全集》，看看復活節起義（Easter Rising）、愛爾蘭內戰等政治事件如何成爲不朽詩篇，我們就會覺得，政治之於葉慈，猶水之於魚。

在中外詩史上，能像葉慈那樣活用政治，藉政治脫胎換骨的詩人十分罕見。許多詩人，往往沒有點化政治題材的本領；勉強爲之，也只能寫些不太高明的作品。如果詩人不幸受政黨利用，甘心當宣傳機器，他們能夠出產的，更只是難以卒讀的口號。這種現象，在一九四九年以後的中國大陸至爲明顯。

因此，光是政治題材，不能決定詩的好壞。同一政治題材，在甲詩人的手中可以成爲好詩；在乙詩人的手中，可以淪爲劣作。

就政治詩而言，屈原、杜甫、葉慈等詩人都叫同行羨慕，但仍未能叫他們既羨且妒。因爲這些詩人，不知經歷了多少煎熬，才取得那麼卓越的成就。叫人既羨且妒的，是莎士比亞。因爲，就後人所知，這隻愛芬河的天鵝，一生逍遙從容，無須流血、流汗、流淚，無須經歷煉獄之劫，就瀟瀟灑灑，把政治的大千挫諸綵筆之下。這樣的政治詩人，相信荷馬和但丁也不得不羨慕。

一九九三年一月二十四日

註釋

❶ 嚴格說來，詩人黨和一般的政黨有別。在一般的政黨裏，黨員的政見通常十分接近，有時是志同道合，有時是臭味相投。詩人黨的成員，政見的差別有如彩虹的顏色：有的傾左（如奧登、聶魯達）；有的敧右（如艾略特）。有的擁護法西斯，替法西斯宣傳（如龐德）；有的反對法西斯（如奧塔維亞・帕斯），因反對法西斯而遇害（如加西亞・洛爾加）。有的肯定君主制（如尹吉甫、杜甫、莎士比亞、艾略特）；有的捍衛共和（如米爾頓）。有的追隨共黨（如馬雅可夫斯基、郭沫若、臧克家、艾青、何其芳），嚮往蘇維埃政權，大寫無產階級詩歌（如二十年代初期沃爾克（Jiří Wolker）等捷克詩人）；有的追隨過共黨，理想幻滅後轉而反對共黨（如匈牙利的本賈旻（László Benjámin）、澤爾克（Zoltán Zelk）、庫茨卡（Péter Kuczka））。

❷ 「為藝術而藝術」（l'art pour l'art）的信條，最先由顧森（Victor Cousin）於一八一八年提出。後來，戈迪耶在《阿爾貝圖或靈魂與罪惡》（*Albertus ou l'Âme et le Péché*）和《德莫本小姐》（*Mademoiselle de Maupin*）的兩篇序言裏擴而充之。戈迪耶的朋友福樓拜、波德萊爾、德班維爾（Théodore de Banville）都是這一派的傑出人物。在《德莫本小姐》裏，戈迪耶

指出：「形體美者皆善；形體醜者皆惡。」（Ce qui est beau physiquement est bien, tout ce qui est laid est mal.）也許正因爲如此，他的作品（如《搪瓷和浮雕寶石》（*Émaux et Camées*））每多目可見、手可觸的形體美。這樣的一個詩人，遠政治而趨藝術，是可以理解的。不過在現實世界裏，政治往往不放過詩人，常用種種方式把他逮住。戈迪耶雖然不問政治，一八七〇年爆發的普法戰爭卻強烈地震撼了他。有些論者說，他的心臟病，可能就是普法戰爭引起的。就這一點看，格奧爾格和戈迪耶頗爲相似：二人都不想接近政治，到最後卻遭政治波及。[3]比如說，杜甫任拾遺之職，就政事提出意見，除非有意冒犯龍顏，否則不容易招殺身之禍。歌德在魏瑪公國從政，普法交戰期間，雖遭法國士兵強闖家門，但有驚無險。雨果最初擁護路易・菲力浦（Louis Philippe）的君主立憲制度，後來出於對社會的同情和政治抱負（也有論者說是政治野心），轉而擁護共和。路易・拿破崙掌權後，雨果由於得不到高位而感失望。一八五一年十二月二日，路易・拿破崙發動軍事政變，解散全國立法院，雨果的私怨乃乘勢化爲公憤，在第二帝國成立後自我放逐，到第二帝國崩潰才回國。雨果的政治生涯不算一帆風順，但沒有捲入險惡的政治漩渦，所以也算平安。葉慈成名後才當參議員，在政治的海域航行時沒有遇過驚濤。聖約翰・佩斯、拉馬丁、聶魯達、奧塔維奧・帕斯從事外交，也沒有經歷過大風大浪。就政治經驗而言，這些詩人不能和但丁、拜倫同日而語。因此，詩人即使參加實際的政治活動，由於時代、環境、性情有別，所走的軌跡也不盡相同。

筆足所履

嶺南學院現代中文文學研究中心座談會的討論題目是：「從二十世紀到二十一世紀——個人創作生涯的回顧與前瞻」。二十世紀九十年代，世界瞬息萬變，一切的發展都十分迅速；要前瞻，恐怕比回顧困難些。因此，我的發言也就以回顧爲主，而輔之以前瞻。

座談會的題目有「個人」二字。爲了切題，我會一反平時的發言習慣，以自我爲中心，東拉西扯，把身邊的瑣事當作要事來談，交代一下與寫作生涯有關的童年經驗和學生經驗。較大和較近的問題，諸如我的文學觀、社會觀、政治觀，以至二十歲以後的寫作歷程，早已散見於我的多篇文字，在這個漫談式的討論會上，反而不必重複了。

我在香港出生，不足兩歲隨母親回了大陸，在鄉間唸書，到十一歲才返港。這種經驗與我日後的寫作，甚至做人，都有極大的關係。在此不談做人，光談與寫作有關的經驗。我在鄉間十年，雖然見過「土改」、「三反」、「五反」、「反右傾」、「大躍進」等既荒謬、又殘酷的運動，但「無產階級文化大革命」還未爆發；在鎮上的新華書店，還可以買到一些有益身心、而又能提高青少年語文水平的雜誌（如《兒童報》、《好少年》）、書籍（如《紅樓二尤》、《轅門射戟》、《雷音寺》、《智取生辰綱》一類連環圖）。這些雜誌和連環圖，文字不算多姿，但一般說來，都十分清通，與大陸日後的生硬文字迥異；不但培養了我的閱讀興趣，而且還爲我打下了語文基礎。結果我返港之前，已熟讀了《西遊記》、《三國演義》、《水滸傳》等古典小說的原著。

我於一九五八年返港，一九六一年進皇仁書院（Queen's College）就讀。皇仁位於銅鑼灣，是一所英文中學。五、六十年代，香港重英輕中的風氣十分普遍，許多人以不懂中文爲榮。由於大氣候的影響，許多英文中學的中文，只是聊備的一格。在某些有名氣的女校裏，這種現象尤其明顯。像皇仁一樣，這些學校也以英語授課；可是校內的中國學生，選修第二語言時，往往棄中文而取法文。現在看來，身爲中國人，而主動把母語貶爲第三語言，當然可笑；不過當時許多社會名流都是這樣，也就怪不得十多歲的女孩子和她們的父母了。說這些女校的學生把中文貶爲第三語言，仍不太正確，因爲她們把第三語言的地位交給中文後，仍不太高興；私下閒談，仍以懂中文爲恥，經常「誇」自己的中文如何不行。這種怪現狀，可以媲美吳趼人所見。但正如上面所說，我們不能怪年輕人。

平心而論，也不能怪英國人。英國人在香港所設的，無疑是殖民地政府，但英國人並沒有禁止中國人熱愛中文。和東南亞某些壓制中文、打擊中文的獨裁政府比較，當時的香港政府倒算開明的。和「文革」時期的中華人民共和國政府比較，分別更大：香港政府從未頒佈過「最高指示」，令全港學生停學，去當「紅衛兵」，做權力鬭爭的工具。「文革」時期，在香港，即使上述女校的學生，也有機會上中文課；在中國大陸，年紀相若的年輕人，就連上中文課的權利也沒有了。

皇仁以女皇爲名，是殖民地政府的重點官校，英文校名的直譯是「女皇的學校」；按照常理，是應該受當時的大氣候影響，努力輕中的；事實卻並非如此。皇仁固然重英，但也重中；至少可以說，重英而不輕中。這樣的學習環境，如能善加利用，就可以一石二鳥：取殖民地之利（學好英文）而避殖民地之弊（兼重中文），爲中、英文打好基礎。現在回顧，我有這樣的感覺：如果時間倒流，讓我返回六十年代再唸中學，我仍會選殖民地的皇仁，而不選祖國的「育紅」、「向陽」、「衛東」……。

皇仁書院，除了每年出版一次的校刊《黃龍報》外，還有學生會和中文學會的刊物，發表學生的中文習作。唸小學時，我已經喜歡上作文堂；寫的雖然是「春」、「夏」、「秋」、「冬」一類陳腔，但總能全面投入。小學畢業那年，我曾經爲同學會創辦文學刊物，並給刊物命名，負起編輯工作；稿源不足，就獨自趕製中、英文稿子。進了皇仁，自然如鐵針趺進磁場，很快就參與學校刊物的編輯工作了。

六十年代，香港的中學流行文社熱。我在中一那年，應邀加入了秋風社。我所以獲邀，大概因爲我的筆名是「淸風」，與秋風社諸人的筆名模式相同（秋風社成員的筆名，都有「秋」字或「風」字）。參加文社，一般沒有什麼手續；既不須考試、宣誓，也不須繳交社費。秋風社的組織，更有點像閒雲相聚；社員投稿，就在筆名之上加個社名。爲了籌措聚餐費用，我們也會集體創作，以同一題目爲文，投到報紙的學生園地去。拿了稿費，就一起到皇仁舊生會的飯堂或銅鑼灣的餐廳吃午飯。

我的朋友黃維樑兄，見中國文人有相輕的陋習，曾一再呼籲「文人相親」。在我的記憶中，皇仁的文社雖多，卻從不相輕、相罵。相反，某一文社社慶，就會邀其他文社的成員參加慶祝活動；頗有同聲相應、同氣相求的風度。現在回顧，發覺皇仁的學生年紀雖輕，心胸卻比許多成年人開闊舒坦，能與黃維樑兄遙相呼應。

談個人的寫作生涯，應該提一提最初發表的少作。小學畢業那年，我在自己主編的同學會刊物《翠竹》上發表過中、英文習作和「現代詩」。不過《翠竹》是油印刊物，「發行量」只有數十份；嚴格說來，在上面刊登少作，不能稱爲「發表」。那麼，我第一次發表的文字，應該是中一那年所寫的《鄉村的黃昏》了。《鄉村的黃昏》是一篇五百字的散文，投到《華僑日報》的學生園地，拿了三元稿費。這篇短文在報上出現時，我的快樂不下於六、七十歲的名作家獲頒諾貝爾文學獎，甚至比名作家獲頒諾貝爾文學獎還要快樂。拿諾貝爾獎的，大都久享盛譽，早已知道自己的地位有多高；獲選嗎，不會受寵若驚；落選嗎，不會耿耿於懷。唸中一的我，就完全不同了。一個村童，從未見過手稿在報上出現；一旦見自賜的「嘉名」，赫然出現在香港的一份大報上；自己所寫的一筆一劃，一夜之間鯉躍爲極富權威的鉛字，而且有機會獲幾萬名讀者垂青；其感覺就像從未見過山的人，突然置身於泰山的玉皇頂，看天風在腰際翻飛。這樣看來，我當時的快樂不是勝過名作家獲頒諾貝爾獎嗎？

中學時期，我寫的主要是散文，偶爾也寫詩（包括新詩和舊詩）、小說、評論。大學畢業後，與朋友辦詩社、出詩刊，花在詩的時間越來越多，小說倒沒有再寫了。

六、七十年代，由於香港的生活節奏不像現在那麼急，對寫作頗爲有利。要比較六十年代和九十年代，不妨以中環的大廈爲例。六十年代初期，中環最高的大廈是於仁行（Union House），也就是今日遮打道和畢打街交界的太古大廈。六十年代之於九十年代，猶這座大廈之於中環廣場。我唸中學時，香港的經濟還未起飛，香港人的生活比較樸素。不過經濟未起飛有經濟未起飛的好處；經濟未起飛的社會，往往更有利於創作。我在六十年代，沒有九十年代的娛樂，也就不會像九十年代的孩子那樣，因各種新奇玩意兒而分心。課餘有空，就看《華僑日報》、《星島日報》、《星島晚報》副刊的小說、雜文，以及港、臺的武俠小說。這些文字，未必是傑出文學，但接觸多了，知道純淨的中文怎麼寫，好處還是有的。在物質充裕、節奏急促的九十年代，社會的發展方向是趨影、音而遠文字。今日，恐怕大多數的中學生都喜歡卡拉OK，而不喜歡《西遊記》、《三國演義》、《水滸傳》、《紅樓夢》了。

從七十年代和朋友創辦《詩風》迄今，我已搖了二十一年筆桿。二十一年來，我的時間主要花在詩、散文、評論上；以後的時間，大致也會這樣分配。不過像所有不準備停筆的作者一樣，站在二十一世紀的門檻，我要面對種種挑戰。

首先，香港、臺灣、大陸，以至整個世界都在大變、劇變。舉例來說，蘇聯共產政權崩潰，是誰也想不到的；但崩潰起來，卻只需七十二小時。然而不足兩年，這件搖動地球的大事就好像是十年前的歷史了。再舉波斯灣戰爭爲例。美國總統布希，指揮三軍，打敗了侯賽因，聲望升到了歷史的高點；可是不到一年，他的聲望就跌到歷史的低點了。不到一年，美國人就忘記了總統的功勳，世界也忘掉了波斯灣戰爭，固然因爲人類善忘；但主要原因，還是八、九十年代的事件發生得太快，就像中共當年搞「大躍進」時所喊的口號那樣：「一天等於二十年。」

到了二十一世紀，由於資訊飛快發展、地域觀念急劇改變，民族主義、大一統，以至其他種種價值觀，都會有極大的調整。此外，二十一世紀，肯定還會有許多預測不到的變化。面對波譎雲詭的未來，打算繼續寫作的人，就得問問自己：到了二十一世紀，該如何適應新環境，如何處理新題材、新觀念？

問題也許說得太大了，再說說個人吧。目前，我仍是中年，未滿四十七歲。可是一進入二十一世紀，我就會「坐五望六」。屆時，我是否仍繼續寫作呢？如果繼續寫作的話，能不能突破目前的自己？這些問題，都是我前瞻時所關注的。論者認爲，作家到了某一階段，就應該找到自己的聲音，否則就沒有存在價值。但有了自己的聲音後，作家該如何更進一步呢？這個問題，許多論者都沒有回答。在此我不妨補充一下：作家有了自己的聲音後，還得不斷突破。一個作者，永遠操別人的嗓子，固然不好；但有了自己的嗓子後，如果不再改變，不斷重複自己，他此後的存在價值，也就會按重複自己的頻率遞減。優秀、傑出——尤其是偉大——的作家，應該不斷以獨特而新穎的聲音歌詠。愛爾蘭的葉慈、中國的杜甫、英國的莎士比亞，是這類作家的典型。不過要突破自己，並不容易。因此，我目前只能期望，到了二十一世紀，能夠以他日之我超越今日之我。

（本文據一九九三年六月四日在嶺南學院發言的大綱寫成）

一九九三年八月二十五日

第二輯

反動、調整、繼承

——六十年代以後香港的新詩

六十年代以後香港的新詩，是六十年代新詩（又稱現代詩）的反動、調整、繼承。某些信仰、術語、偏愛，當年有許多人趨之若鶩，七、八十年代的詩人認爲矯揉而揚棄，並且以迥異的風格表示不滿；這是反動。前一輩的詩人，由於新一代的反動或本身的反省，在語言上有所修正，作品的焦點也移到了新的主題；這是調整。當年某些題材，七、八十年代仍吸引後起的作者；某些前衛的技巧，經過詩人的實驗和時間的考驗，其價值獲得肯定，而爲新一代的詩人所採用；這是繼承。

由於這個原因，要討論七、八十年代，就必須回顧一下六十（甚至五十）年代。

五、六十年代香港的新詩，受兩個重要的因素左右：一是港、臺新詩的密切關係；二是香港詩人和中國大陸在感情及文化上的血緣。

一九四九年之前，中國新詩的主脈一直在大陸，香港和臺灣的新詩只是支脈，並不十分可觀。到了一九四九年，由於政局轉變，許多詩人和日後成爲詩人的青年都移居臺灣或香港。移居臺灣的，在五、六十年代掀起了有名的現代詩熱潮。移居香港的，或創辦文學雜誌，給新詩提供發表的園地❶；或從事創作，直接推動香港新詩的發展❷。

在這個時期，由於港、臺詩人互相影響❸，香港的一些詩人（如葉維廉、戴天、蔡炎培、溫健騮、黃德偉），曾在臺灣受教育，和當地的詩人有密切的交往，因此兩地的詩在題材和技巧上都有相似之處。當時在《文藝新潮》、《好望角》、《中國學生周報》等刊物上發表的新詩，都表現了這個特色。

六十年代港、臺新詩的第一個共通點，是濃厚的存在主義和虛無主義色彩。當時，許多詩人覺得世界毫無目的，一切都屬偶然，並且懷疑或否定生命和傳統的價值，覺得自己被命運投入這個世界，既乏宗教的憑藉，又不能賦生命以任何意義。譬如戴天的一些作品，就使人想起海德格爾（Heidegger）的「投生」（Geworfenheit）說，想起艾略特的《空洞人》（"The Hollow Men"），以至卡繆的小說《異鄉人》（*L'étranger*）裏面的墨梭爾（Meursault）：

> 英雄和妓女和你和我的血肉並無區別

……
白白刺目的白是你和我相處的舞臺
滿眶空茫的空茫中躺著上帝發霉的諾言[4]
我們把女人的雙乳
擺了又擺
然後又再打別的主意
……
無聊是每天的常客
給我們啐在地上
伴著什麼也沒有的香口膠兒
就是這樣的意義[5]

這個時期，外國的超現實主義和達達主義也吸引了港、臺的許多作者。用超現實技巧寫成的詩，一般都有新奇的意象，不過意象跳躍時步幅往往太大，讀者不容易追隨。這種風格，在臺灣曾蔚成風氣；在香港，蔡炎培、馬覺、羈魂等人也採用過類似的手法[6]。《文藝新潮》的創辦人馬博良和同期的詩人比較並不算晦澀，不過他的作品也有某一程度的超現實色彩。譬如他的《山雨》，意象稠密，以曲折的手法暗示山雨，有匪夷所思的效果，風格基本上是超現實的：

飲鴆毒之太陽哭泣了
突然滿天荊棘
有沉船的骨骼搖曳著
回聲的漣漪在頂上空自盪漾
青色之恍惚慢慢移動
引渡出許多原已迷失的戀的船隊
那時乃有悲哀的光
形成秀髮的琉璃阱
傾倒窗上無數窺探的眼睛
擴大了蜉蝣們心中的水災[7]

不過存在主義、虛無主義、超現實主義，以至反傳統的口號[8]，在六十年代雖然有許多人景從，卻不是唯一的路線。臺灣藍星詩社的同仁當時就曾經提倡明朗，主張回歸傳統、融會中西，反對盲從西方的各種主義。余光中、覃子豪、黃用幾位都寫了不少論辯的文章[9]。論爭開始的時候，藍星詩社似乎是少數派。可是到了七十年代，後起的詩人對六十年代的一些作品也開始提出質疑。由龍族詩社主編、於一九七三年八月出版的《中國現代詩評論》，更可以說是各家各派對六十年代的總檢討。在同一時期，現代詩的陣營外，也有人對六十年代的作品提出了嚴厲的批評[10]。在內外的衝擊下，臺灣的現代詩乃漸漸開始改變。

大規模的論爭，沒有在香港出現；可是本地的詩刊，偶爾也發表一些文章，對六十年代港、臺的現代詩提出了意見[11]。這類評論，加上本港詩人的自省和臺灣詩人的影響，也加速了香港詩風的轉變。

首先，六十年代的存在主義色彩漸漸減弱，甚至消失。以戴天為例，他在六十年代經常探討存在的意義，懷疑存在的價值，刻畫現代人的無聊和空虛。到了七十年代，他拓展了新的視境，寫出了《讀宋元行吟圖》、《雲門之舞》、《朱銘》一類清新的作品，大致上已經告別了沙特和卡繆，更接近中國的傳統了。正如黃維樑在最近發表的一篇評論中所說：

> ……戴天從前的詩，多寫現代人的困惑甚至虛無，近幾年則常有感時憂國之作。……他詩集中的《花雕》和《啊！我是一隻鳥》，頗富圖象性，後者尤然。近年卻不復經營此道了。發表在八二年十月號《明報月刊》的《提起長江的筆——抗戰八年雜憶》，恐怕是戴天寫詩以來最富民族激情之作。……此詩除了待續句(run-on line)的運用外，再也難以教人看到現代主義(modernism)詩歌的影子了。……[12]

隨著內容的轉變，六十年代以後香港的新詩，在語言上也有了新的面貌：往日的晦澀，漸漸爲明朗所取代。後起的詩人，大都不再走晦澀之路。六十年代走晦澀之路的，目前如非停了筆或減了產，也大都捨晦澀而就明朗。以羈魂爲例，讀者只要讀讀他在六十年代出版的《藍色獸》，再讀他在七十年代出版的《三面》和《折戟》，就會看出，他前一期的詩風，如何爲後一期的詩風所取代。

這個時期，還有一個重要的因素，給香港的新詩增添新的氣象。這個因素就是：一批土生土長的青年詩人陸續出現，開始活躍於香港詩壇。五、六十年代，詩壇的主力是大陸來港和在臺灣受過教育的詩人，在香港出生、長大，或在香港受教育的詩人不多；發表新詩的刊物（如《人人文學》、《文藝新潮》、《好望角》）都由大陸來港的文化人創辦。七、八十年代，香港的詩社（如焚風社、詩風社）、詩刊（如《羅盤》、《詩風》）和發表新詩的綜合性文學刊物（如《四季》、《大拇指》、《新穗》、《素葉》、《青年文學》、《香港文學》），幾乎全由土生土長的香港青年組成、創辦、編輯。五、六十年代，如果有本地的詩人成了但丁，香港大概只能成爲韋羅納（Verona）或拉溫納（Ravenna），叨叨這位詩人的光，因爲他很可能在大陸出生、長大、受大學教育，或者在臺灣建立了自己的風格（甚至有了詩名）才回港或來港。今日，本地如果有但丁出現，則香港大有資格以翡冷翠（Firenze）自居；因爲，今日活躍於香港的詩人，大都土生土長，是道道地地的香港人。

由於新一代的詩人在香港長大，最熟悉的環境是香港，於是，香港的生活和景物成了他們作品的重要題材。五、六十年代，也有一些詩人寫香港景物。馬博良的《沙田一瞥》、《北角之夜》和蔡炎培的《纜車徑》是其中的一些例子。可是這類作品並不多見。當時許多詩人往往身在香港，心在大陸，未必有久留此地的打算；創作時即使涉及香港，也不會給它太多的篇幅。而且五、六十年代的詩人，崇尚存在主義，喜歡發掘個人的內心世界，喜歡運用超現實技巧，由於個人的內心世界傾向主觀，超現實技巧更顧名思義，超越了現實；於是，主觀之外的客觀，超越之前的現實，就沒有受到同等的重視了。

七、八十年代成長的香港詩人，大多生於斯，長於斯，童年或少年的經驗世界全由香港的景物和事件組成。他們熟悉的街道是德輔道、彌敦道、皇后大道……而不是王府井大街、太平南路、霞飛路……熟悉的碼頭是天星碼頭、統一碼頭、紅磡碼頭……而不是外灘、大沙頭……對於這些詩人，太平山、獅子山、鳳凰山、大帽山比泰山、華山更眞實。黃河、長江無疑偉大，在大陸開放前卻只是地理名詞，遙遠得難以捉摸，不若城門河那麼親切。洞庭湖、鄱陽湖固然能引起豐富的聯想，卻不像城門水塘、船灣水塘、吐露港、淺水灣那樣，既可望，又可即。因此，在後起詩人的作品裏，香港的景物和人事經常出現。羈魂、梁秉鈞（也斯）、陸健鴻、張景熊、淮遠、何福仁、康夫、秀實、胡燕青、曹捷、陳錦昌、陳德錦、鍾偉民、鄭鏡明、林力安、梁世榮、迅清、俞風、唐大江、陳昌敏、溫明、羅貴祥、王良和、劉以正……都在詩中寫過他們的第一或第二故鄉。這樣龐大的詩隊伍，五、六十年代還未形成；他們以香港爲題材的作品，要比力匡、馬博良、戴天、王無邪、金炳興、崑南、蔡炎培、馬覺等詩人寫得多。

在這些詩人的作品中，我們可以看到香港的街景、人物、生活……

榕樹頭前叢叢喧鬧之間

……

馬會診所的陰影外
有專治鷄眼痔瘡頑癬梅毒的　醫
天后及觀音廟緊鎖的朱門旁
有吹擂善觀氣色精推命理的　卜⑬
……
在新蒲崗，雨下個沒停
工廠大廈的灰牆旁
冒出一縷白煙
雨不斷踐踏它
我們在大厦夾縫的大牌檔避雨
吃一碗牛腩粉⑭
……

在五、六十年代，詩人即使寫相近的題材，手法也會大異其趣。以馬博良在一九五七年所寫的《北角之夜》爲例，我們會發覺，前一輩詩人寫香港時，比較喜歡從實景移入主觀或想像的世界：

最後一列的電車落寞地駛過後
遠遠交叉路口的小紅燈熄了
但是一絮一絮濡濕了的凝固的霓虹
沾染了眼和眼之間矇矓的視覺
於是陷入一種紫水晶裏的沉醉
彷彿滿街飄盪著薄荷酒的溪流
而春野上一羣小銀駒似地
散開了，零落急遽的舞孃們的纖足
登登聲踏破了那邊捲舌的夜歌⑮
……

一般說來，馬博良這首詩由實入虛，手法比較浪漫；羈魂和梁秉鈞兩首則用反浪漫的筆觸寫日常生活，以現實始，也以現實終。「鷄眼痔瘡頑癬梅毒」一類字眼，「吃一碗牛腩粉」一類行爲，在五、六十年代比較少見；即使出現，也往往沾上一些「存在」或虛無的色彩，而不是客觀的寫實。由於五、六十年代的詩人比較喜歡用浪漫的筆法，焦點調得較遠；六十年代以後，不少詩人反其道而行，焦點調得較近。在五、六十年代的詩裏，羅密歐如要向朱麗葉求愛，十之八九會在花間月下，癡癡地仰望著陽臺唱詩；到了七、八十年代，這位情聖固然仍可以在花間月下求愛，朗誦美妙的詩篇；但如果他在凉茶舖裏用日常的口語向朱麗葉傾吐心事，我們也不必驚訝。

對於社會現狀，前一輩和後一輩的態度也有不同。前一輩詩人，對香港往往感到不滿而冷嘲熱諷。他們以這種觀點寫成的作品，是知識分子對商業社會、本地時政和本地生活方式的批評。舒巷城和蔡炎培的詩，就表現了這種觀點。譬如在蔡炎培的《事件》裏，「華人代表」和「資本主義」都成了作者諷刺的對象：

某夜

我的身邊有個人

喝醉酒
他說：「比得潘，揮毫而定罷！」
結果，他輸了
我被選為首席的華人代表
派去推開那度門
發現一個很資本主義的口⑯

由於當時的詩人大都來自內地，和香港格格不入，再加上周圍的確有不平等的現象，他們自然會在作品中表現心中的憤懣了。

六十年代以後，仍有詩人在作品中諷刺香港社會⑰。可是經過一九六七年的暴動之後，政府比較重視民意，社會福利有了改善；不少知識分子，對某些措施雖然沒有好感，卻發覺香港的自由，勝過亞洲許多地區；發覺在香港至少可以罵政府，在別的地方卻不可以。因此，除了個別的例外，這個時期的諷刺詩，已不再強調政治、種族或階級的對立，而把焦點移到人類或所有社會的共相，諸如貧富的懸殊、人類的愚昧、虛僞、無知等等。這些作品，由於沒有從概念出發，大都寫得很成功。譬如陸健鴻的《都市三部曲》寫商業化的愛情，就表現了獨到的眼光：

……

華麗的禮堂
紳士們袋鼠般捧著他們成功的大腹
淑女們也挺著纍纍的成熟
一袋成熟該可以有多少個股東？
青春是不是也買空賣空？
明天的股市
我該投電話置地還是
你底愛情？⑱

何福仁寫社會問題和生命的無奈，含蓄而機智：

……

一個青年在另一角
蹙著眉將頭埋落
報屁股的尋人欄裏
奇怪的年代
三十二歲就退休了
……
在徬徨與抉擇間
生命原也不過是
咖啡或茶⑲

曹捷寫歲晚賣揮春的老者，流露了眞摯的感情：

春歸何處
向路邊，瘦立的街燈下
地凍天寒遺老一書生

……
蘸墨。凝神。呼一口白氣
把豪氣和抱負，把一生
都蓄勢於筆尖的滄浪
人老了，手在抖，收勢不住
最後一劃，把晚年
重重捺下一滑無底的深淵[20]

至於對工人生活有深切體驗的鄧阿藍和陳昌敏，寫他們熟悉的人物和經驗時，也沒有強調階級對立，而只寫具體的人物、事件、感情。

年輕的一代作者，由於在香港長大，不但沒有適應的困難，而且還漸漸對所處的環境產生了歸屬感，覺得香港無論是美是醜，都已經是自己的家，居住環境即使簡陋，他們仍會感到親切。唐大江的《居室一覺》，流露的就不是前一輩詩人的憤懣，而是從容豁達的自得和自嘲：

我有一窗寬濶的風景
與幾盆翠綠的花草相映
一鏡程十髮的油印彩畫
側對壞了的黑白電視機
有貝多芬永不朽的大合唱
樂音在空中沙沙飄漾
有六呎乘六呎的房間
裏頭一張雙疊床的下半格
有絲絲發響的新買光管
照亮的千本廉價中文書
外面則是堵省卻批盪的磚牆
隱隱然設置一隻常空的信箱㉑

這種態度，大概不會在前一輩詩人的作品中出現。前一輩詩人，大多來自內地，習慣了無垠的空間，一旦到了蕞爾彈丸，侷促於斗室之中，不發牢騷已經很難得了，哪裏還會流露陶淵明式的自得呢？

在大陸出生、長大或生活慣了的詩人，對香港的居住環境固然不容易產生好感，對香港的風景也不會放在眼內。香港的風景，哪裏比得上五嶽、黃河、長江、三峽、江南？而且五、六十年代的詩人，重視個人世界的探索，香港的風景，就不容易給他們甚麼靈感了。因此，當時寫香港風景的作品並不多。到了七十年代，年輕一輩的詩人，由於大多在香港長大，內地開放前，想越過南嶺又絕不容易，他們熟悉的，就只有香港的山水。於是，香港的風景，就常常在他們的詩中出現。

出現於香港新詩中的風景，不限於某一地區。不過，最爲詩人鍾愛的，似乎是沙田。其所以如此，主要因爲沙田和吐露港一帶的風景特別美麗，而本港不少年輕詩人（如陳錦昌、鄭鏡明、梁世榮、王良和），都畢業或肄業於吐露港畔的中文大學。在鄭鏡明的詩集《雁》裏，好幾首作品都寫這一帶的風景。陳錦昌、梁世榮、王良和的詩還未結集，寫沙田風景的作品，散見於各報章雜誌，在質和量方面都頗爲可觀。

就描寫香港景物的作品而言，七、八十年代還有另一項值得注意的發展。那就是外來詩人的參與和投入。這批詩人之中，以余光中和葉維廉的表現最突出。說這兩位詩人「外來」，其實不太準確。葉維廉早年由港赴臺，由臺赴美，再由美國返回香港逗留了一段時間，稱爲「還鄉詩人」似乎更合適。余光中於一九七四年來港，迄今已有十一年；除了臺北，香港是他一生逗留得最久的城市。根據移民局的規定，外地的人來港，住滿了七年，身分就和香港人無異。那麼，余光中早在四年前已經成爲香港人了。

這批詩人，來港前早已成名，詩筆可以寫各種題材；來港後，他們也輕而易舉地把本地的景物挫於筆端。以余光中爲例，他來港後，寫旺角、詠沙田，和地道的香港詩人一樣投入。他的《沙田之夜》，由景入情，寄託深遠，是以香港爲題材的一首佳作。光是寫景部分，已經用字精確，取譬出人意表，傳遞了常人能夠感覺而不能形容的經驗，完全是高手的筆法：

萬籟為沙，秋一直沉澱到水底
沙田之夜愈深愈清澄
……
一孀汽笛哀嘯
九廣路北上的末班車遠後
落月鎮一缸清水㉒

……

就描寫中國的作品而言，七、八十年代和五、六十年代的分別更大。

上文說過，在五、六十年代，香港的詩人大致有兩類：一類由大陸來港；一類未到過大陸。前者在大陸有過親身的體驗，寫中國時每能以實景入詩；後者由於缺乏親身體驗，寫當代的中國時只能猜度或憧憬，通常止於想像。

到了七、八十年代，情形有了很大的變化。一向封閉的大陸，在七十年代（尤其是毛澤東去世、江青被捕之後）逐漸開放。於是，在香港長大的詩人紛紛北上，去接受華山夏水的震撼。這些詩人（如胡燕青、鍾偉民、陳德錦、何福仁、陳昌敏）北上後，都寫了不少和中國山川、景物有關的作品，有的已達頗高的水平。譬如胡燕青的《驚蟄》，全長三百多行，無論在氣魄還是在造句遣詞上都新人耳目。這首詩寫作者從香港乘火車北上的經驗，能把時空和個人的情感交織，節奏、意象、轉折都見匠心；結尾渾厚沉雄，更不像出自二十多歲的女孩子之手：

……

千年百載為我醞釀
如許溫柔的呼喊
悸響我心臟，
饒潤溫和，顫跳如胎子。
古長安淡落的光影裏，你冉冉出生，
以鴻濛的呼吸
引我進入從未有過的酣睡，
並且導我
甦醒向永恆。
我清澈的眼睛，若午門徐徐開展
向千山星月，流水與朝陽
讓古史堂煌，雄姿地走出故殿，
穩步走入未來。從此，
驚蟄再驚不醒我

這一年，我就是騰雷㉓

其他詩人的作品，如鄭鏡明的《飛行在祖國蒼茫的天空》、陳德錦的《回音壁》、鍾偉民的《佳木斯組曲》，描寫中國的時空和感情時也有出色的表現。

七、八十年代的詩人，除了寫此時此地的中國，還像六十年代一樣，繼續寫歷史和文化上的中國。余光中、鍾玲、羈魂、胡燕青、施友朋、陳德錦、王良和……都常常把筆伸入中國去，處理中國的第四度空間。余光中的《湘逝——杜甫歿前舟中獨白》、《夜讀東坡》、《戲李白》、《尋李白》、《念李白》，鍾玲的《蘇小小》、《花蕊夫人》，羈魂的《天問》，胡燕青的《語天》，施友朋的《寫給屈原》，陳德錦的《蘇武牧羊》，王良和的《長城》……都是這一類作品。

在詩中寫中國文化和中國歷史，是五、六十年代的延續。在語言上，前後兩個時期的新詩，也有清晰可見的血緣。六十年代的許多新詩失在晦澀；但這些作品的語言，一般比二、三十年代的新詩稠密濃縮。這種特色，本可救某些新詩的浮淺囉唆，可惜當時許多詩人不懂謀篇之道，結果不少作品雖有警策之言，意象卻常常各自爲政。到了七、八十年代，晦澀不再流行；不過出色的詩人，每能在六十年代的詩中吸取營養。年輕的詩人鍾偉民，就是個顯著的例子。他的詩並非篇篇精彩，有的作品也似乎稍嫌晦澀，但他橫放的詩思，新穎的意象，完全可以獨樹一幟。他的《捕鯨之旅》，在情節上容或承載不了那麼長的篇幅，科爾里奇、馬爾維爾、康拉德、海明威的影響也隱約可見，不過這首詩的優點很多，不凡的比喻俯拾即是。在他較短的一些作品中，讀者也可以找到不少驚人之語、濃縮之言。鍾偉民的語言和意象能夠如此新穎濃縮，固然因爲他有才氣，但六十年代的一些作品給了他啟發，鼓勵他馳騁想像，也是個重要的原因。

香港今日的新詩，比六十年代的更多變，既能寫景、抒情，又能說理、敍事；主題有遠有近，有大有小；語言也可以在廣濶的音域裏視需要而變化。至於技巧，也比過去更加繁富；在出色的作品中，古典、現代、外國、中國常能有機地交融。而最重要的，是今日的香港，已經有自己的詩人。他們在中國大陸和臺灣以外，淸淸楚楚地自成一脈，和華夏呼應的同時，已經有能力在深圳河之南，獨自分割陰陽和昏曉。

一九八五年三月二十日

註釋

❶ 力匡、黃思騁、齊桓於一九五二年創辦的《人人文學》，馬朗（原名馬博良）於一九五六年創辦

的《文藝新潮》，都是這類雜誌。

② 力匡和馬朗都是詩人。

③ 參看劉以鬯的《三十年來香港與臺灣在文學史上的相互聯繫》，《星島晚報》，一九八四年八月二十日、二十九日，「大會堂」。

④ 《作品》，見《峋嶁山論辯》（臺北遠景出版事業公司，一九八〇年七月初版），頁七。

⑤ 《擺龍門》，《峋嶁山論辯》，頁一九。此外，同書頁九的《剪貼》、頁二三的《花雕》、頁三一的《劄記》、頁三三的《如是觀》、頁四九的《秋》、頁一一五的《咀嚼著一點甚麼》，都表現了類似的主題。

⑥ 參看蔡炎培的《小詩三卷》、馬覺的《異象》、羈魂的《藍色獸》。

⑦ 見《焚琴的浪子》（香港素葉出版社，一九八二年六月初版），頁七二。

⑧ 當時，反傳統的主將紀弦說：「現代詩與傳統詩是兩種極端相反完全不同的文學。現代詩是反傳統的……傳統詩是情緒的告白，事實的直陳；現代詩是情緒的放逐，事實的開除……傳統詩是『小兒』的詩；現代詩是成人的詩……本質上完全不同於傳統，處處與傳統相反……」見《紀弦論現代詩》（臺北藍燈出版社，一九七〇年），頁一四二—一四三。

⑨ 參看余光中的《論明朗》、《幼稚的現代病》、《再見，虛無》，見《掌上雨》（臺北文星書店，一九六四年）；覃子豪的《新詩向何處去？》、《關於新現代主義》，見《論現代詩》（臺北普天出版社，一九七六年九月）。

⑩ 關傑明於一九七二年二月二十八日、二十九日在臺灣的《中國時報》上發表《中國現代詩人的困境》，於九月十日、十一日在同一報上發表《中國現代詩的幻境》；第二年，唐文標發表《甚麼

時代甚麼地方甚麼人》（《文季》第一期，一九七三年八月）、《僵斃的現代詩》（《中外文學》第二卷三期，一九七三年八月）。有關這個時期評論界的概況，可參看陳芳明的《詩和現實》（臺北洪範書店，一九七七年二月初版）中的《檢討民國六十二年的詩評》一文。

⑪ 參看蕭艾的《寫詩難》（《詩風》第十五期，一九七三年八月一日），頁二—三；《從內容說現代詩的路向》（《詩風》第二十四期，一九七四年五月一日），頁二—三。

⑫ 《八十年代香港的詩壇》，《香港文學》第一期（一九八五年一月五日），頁四八。

⑬ 羈魂，《廟街榕樹頭》，見《折戟》（香港詩風社，一九七八年初版），頁五二。

⑭ 梁秉鈞，《新蒲崗的雨天》，見《雷聲與蟬鳴》（香港《大拇指》半月刊出版，一九七八年八月），頁一二〇。

⑮ 《焚琴的浪子》，頁六七。

⑯ 《小詩三卷》（香港明窗出版社，一九七八年十二月初版），頁七二。

⑰ 如古蒼梧（兆申）的《幸福村》、《太平山下，太平山下》，見《銅蓮》（香港素葉出版社，一九八〇年十二月初版），頁三二—四〇，六八—七一；羅少文的《陷落》，見《絕響》（香港藍馬音樂書屋，一九七二年六月版），頁一〇三—一〇八。此外，舒巷城在六十年代以後，仍繼續諷刺社會上不平等的現象。

⑱ 《天機》（香港詩風社，一九七七年十月第一版），頁二四。

⑲ 《餐室》，見《龍的訪問》（香港素葉出版社，一九七九年三月），頁一一—一三。

⑳ 《揮春》之二，《香港青年作者協會文集——紀念成立作品選》（香港青年作者協會，一九八三年九月初版），頁九三。

㉑《生命線》（香港新穗出版社，一九八三年八月初版），頁七七—七八。

㉒《與永恆拔河》（臺北洪範書店，一九七八年四月初版），頁六—七。

㉓《驚蟄》（香港詩風社，一九八〇年），頁三七—三八。

火劫後的新綠

——「文革」以後中國大陸的新詩

一

什麼樣的時代，出什麼樣的詩。

在中國大陸，這句話尤其用得著。中共奪取政權之前，許多左傾詩人都努力歌頌中共，爲中共製造輿論，塑造社會主義烏托邦。中共政權建立後，這些詩人又有了新的任務，開始歌頌中國共產黨領導下的「新社會」，以文字建立社會主義天堂。在這兩個時期，爲中共奔走賣力的詩人極多，最活躍的包括郭沫若、臧克家、艾青、何其芳、田間等。以田間爲例，他的作品模仿蘇聯的馬雅可夫斯基，盡情歌頌「新社會」，完全是中共喉舌的「正音」。

「文革」時期，詩人的聲音比一九四九到「文革」前更加統一。出版的詩集一律歌頌「不落的紅太陽」毛主席，歌頌中國共產黨，歌頌模範工人、模範農民、模範戰士，宣揚馬列主義、毛澤東思想、「新社會」的「新生事物」。漢族寫的如是，少數民族寫的如是，成年人、小孩子、工人、農民、士兵寫的亦無不如是。我們只需看看一些詩集的名稱，就知道當時的詩歌寫些什麼題材了：《挑山擔海跟黨走——工農兵詩選》❶、《頌歌聲聲飛北京——少數民族詩歌選》❷、《我是延安人》❸、《獻給祖國的花朵——兒童朗誦詩》❹、《新兵之歌》❺、《火紅的山丹》❻、《鬪天圖》❼、《高歌向太陽——廣西各族新民歌選》❽……以《挑山擔海跟黨走》爲例，全書收錄了數十名作者的詩，題目都差不多：《挑山擔海跟黨走》、《人民最愛毛主席》、《天天高唱〈東方紅〉》、《毛主席走過的礦山路》、《毛主席恩情比天大》、《學大寨展宏圖》、《赤腳醫生》、《解放軍叔叔來咱校》……。在同一時期出版的《頌歌聲聲飛北京》也不甘示弱，裏面盡是紅彤彤的作品，首首都無限忠貞地向毛主席、向中國共產黨、向人民解放軍「交心」：《紅心向著毛主席》、《祝毛主席萬壽無疆》、《幸福熱淚流滿腮》、《毛主席親，解放軍好》、《韶山升起紅太陽》、《毛主席指路有奔頭》、《黨的恩情萬年長》……。這個時期，這類詩集充斥於九百六十萬平方公里的書局；讀者踏破鐵鞋，也聽不到第二種調子。

這些作品的內容是怎樣的呢？讀者看了下面兩節，就可以舉一隅而萬隅反了：

偉大領袖毛主席，
高瞻遠矚氣魄大，
發動文化大革命，
紅色風暴捲天下。

萬條江河奔騰急，
要把殘渣來洗刷，
工人階級打頭陣，
對著黑線猛衝殺。[9]

這個時期，「革命」進入了新階段，郭沫若、臧克家等詩人已經太老，因跟不上「新形勢」而被後浪推到一邊，沒有什麼歌可唱了。這個時期，毛主席需要的，是更「新銳」、更能配合「革命形勢」的聲音。

二

「文革」結束後，中國大陸的新詩才以另一面貌出現。

據「四人幫」被捕後中共中央的說法，「文革」結束的年份是一九七六。其實，「文革」武鬥的高潮一過，劉少奇、鄧小平被打倒，毛澤東、「四人幫」雖然仍實行「無產階級專政」，「文革」實際上已經結束了。毛澤東發動「文革」的目的是打倒劉、鄧，打倒所有政敵。自從一九六六年「文革」展開，不過一兩年之內，全國就建立了千千萬萬的「革委會」。這時，「文革」已經大功告成。到中共宣佈林彪墜機身亡，大陸的政治又進入另一階段了。說「文革」到一九七六年才結束，未免牽強了些。那麼，從一九七一到一九七六年，非中共官方出版的新詩，都可以說是「文革」以後的作品。

「文革」後，人民的創傷既深且重，最先出現的一些詩集，如《敢有歌吟動地哀——文化大革命後中國青年詩文選》，都反映了詩人驚魂未定的心境。在這些作品中，我們看到的不再是「鶯歌燕舞」，不再是「豔陽天」和「金光大道」，而是可怕的現實：

太陽在上！
毒河，混濁的爛泥水，
遍體閃光，
沉重地滾流。

耳東：《毒河古道懷古》

這樣的場景既是象徵，也是寫實，與「文革」時期官方的「社會主義寫實」迥異。

《敢有歌吟動地哀》的作者大都是年輕人，有些是直接投入紅色風暴的紅衛兵，就像《天讎》的作者凌耿那樣，曾親身體驗「文革」。在他們的心目中，毛主席一向是至高無上、絕對正確的神。但「文革」擦亮了他們的眼睛。他們從譫妄中醒來，看到了心目中的神是什麼樣的人，當日的偶像馬上從最高天掉了下來，摔得粉碎；理想也隨著幻滅，心靈進入真空狀態，感到了莫名的痛苦。耳東的《我怕我愛的只是心中的美麗——我問我的戀人》就反映了這種心理。該詩也許在寫實，但象徵的意義也十分明顯。詩中的戀人可以象徵作者追求的理想；而這個理想，實際上並不存在。

從否定個人、否定人道精神、強烈扭曲人性的「文革」逃出來後，這批劫後餘生的詩人開始憧憬未來，憧憬幸福。他們「在驚懼裏發現自己」（吳甿：《追求》），轉而追求個人的理想，肯定人的價值，不願再當「革命的螺絲釘」。耳東的《感謝您！新的一代的生命火花——給新的一代，兼送R.L.》、吳甿的《給人之歌》、L君的《人之歌》、《生命的奇跡》，都表現了這一主題。

《敢有歌吟動地哀》所收錄的作品，由於剛在「文革」結束時完稿（有的可能在「文革」期間寫成），一般比較隱晦，創作技巧也不算太純熟。比如下列幾行，用了頗多現成的「詩語」，表現手法是淺露了些，尚需進一步的藝術加工：

「信仰——人生」的交響樂，
——「青春、熱情、生命」的奏鳴。
呀，
生命的奇跡，
春花萬丈！
永恆！
L君：《生命的奇跡》

主題隱晦，技巧未臻純熟，和寫作的時代背景有莫大的關係。「文革」時期，人人自危，說錯了一句話，可以一夜之間變成「反革命」，招來殺身之禍。詩人驚魂未定，下筆自然儘量掩飾，甚至連眞姓名也不敢用了。如果作品寫於「文革」時期的大陸，作者更要加倍小心。

技巧欠純熟，則和「文革」的另一特殊現象有關。「文革」最瘋狂的時候，全國學校停課，不符「革命」要求的書籍、文物，沒收的沒收，焚燒的焚燒，統統逃不過劫數。當時，年輕人能看到的書，只有毛主席、馬、恩、列、斯、浩然、魯迅的著作。全中國剩下幾個「導師」——儘管這幾個導師是「革命導師」——爲青年提供文學養料，怎能提高文學技巧呢？不錯，有的紅衛兵以「毛主席小客人」的身分，能夠偷讀搜掠得來的書，增加了不少知識見聞，奈何偷讀只是「小氣候」，抵消不了全國停學的「大氣候」。

儘管如此，上述作品的題材和感情都頗爲新穎，比「翻身全靠毛主席，／恩比海深藍天大。／乘風破浪向前進，／革命路線是燈塔。／可恨萬惡舊社會，／……扁擔配合解放軍，／打得羣魔滿地爬……」（《挑山擔海跟黨走》）一類「革命樣板」好得多了。

三

《敢有歌吟動地哀》所收錄的作品，在「文革」剛結束時寫成，在大陸以外出版，可以說是「文革」後第一期的詩篇。到毛澤東死，「四人幫」垮，新的黨中央爲「文革」蓋棺，不再稱爲「必要的、及時的、偉大的」，卻來一個大翻案，「定性」爲「十年浩劫」，中國大陸的新詩又進入另一階段。一些年長的作家，噤聲了幾十年，見出氣的機會來了，都紛紛吐露心聲。黃永玉的《曾經有過那種時候》，就說出了千千萬萬人要說的話：

人們偷偷地詛咒
　又暗暗傷心，
躺在淒涼的床上歎息，
也諦聽著隔壁的人
　在低聲哭泣。

一列火車就是一列車不幸
家家戶戶都為莫明的災禍擔心，
最老實的百姓罵出最怨毒的話，
最能唱歌的人卻叫不出聲音。

傳說眞理要發誓保密
報紙上的謊言倒變成聖經。
男女老少人人會演戲，
演員們個個沒有表情。

曾經有過那種時候，
哈！謝天謝地
幸好那種時候
　它永遠不再來臨！

這是知識分子回顧「文革」時所發出的長歎。當然，詩人下筆時還不知道，「那種時候」，會在一九八九年六月四日重臨。

老一輩的詩人受了種種局限（包括他們過去對共產黨的忠誠），仍不能唱出眞正新穎的歌。眞正的新聲，要等年輕的一輩來唱。

這裏要談的年輕一輩，活躍期遲於《敢有歌吟動地哀》的幾位作者，爲了方便討論，不妨稱爲「文革」後第二期的詩人。這一期的詩人，以北島、顧城、楊煉、舒婷、嚴力、江河、芒克幾位較爲有名。這些詩人，被老一輩稱爲「朦朧詩人」，作品被稱爲「朦朧詩」❿。

他們被譏爲朦朧，是因爲老一輩的詩人覺得他們的作品晦澀難懂。其實，「文革」後湧現的所謂朦朧詩可分兩種。第一種有繁富的意象，但因爲意象跳躍得太快，或跳躍的步幅太大，彼此未能呼應，也未能拋下足够的伏線，有時甚至各自爲政，前後矛盾，彼此抵消，讀者無所適從。這樣的作品，是眞正的朦朧，情形就像臺灣六十年代某些現代詩一樣。這些作品之所以有這樣的弱點，可能因爲作者的表現技巧欠成熟，也可能因爲作者誤以爲隱晦難懂——甚至不可懂——的作品才是好詩。

第二種作品，其實並不難懂，只不過讀者懶惰，或者缺乏訓練和耐性，結果未能進入詩人所創造的世界。稱這類作品爲朦朧，是有欠公允的。詩貴獨創；開拓新境，翻新語言，引領讀者進入新的經驗世界，是詩人的天職。詩人履行天職時寫出的佳篇，有時候不是一讀即懂的。慣性的反應，有時未必能幫助讀者瞭解作品。以顧城爲例，他一開始就被人稱爲朦朧詩人。其實，他的許多作品都十分透明，毫不朦朧。比如下面一首，先入爲主的讀者會覺得朦朧：

你
一會看我
一會看雲。
我覺得
你看我時很遠
你看雲時很近。

《遠和近》

客觀的讀者卻看得出，作者以雲和人對比，曲寫似近實遠的人際關係，手法十分透明。

除了個別晦澀的失敗之作，許多所謂朦朧詩，是遠勝「文革」時期、或四九到「文革」時期的「革命樣板」的。在語言和技巧上，也超越了「文革」後第一期的作品。「文革」後第二期的年輕詩人，不像老一輩那樣顧慮重重，想像比較自由奔放。以顧城爲例，他在《給我的尊師安徒生》裏，提到自己和安徒生當木匠的共同經驗時，構思新穎：

你推動木鉋，
像駕駛著獨木舟，
在那平滑的海上，
緩緩漂流……

鉋花像浪花散開，
消逝在海天盡頭；
木紋像波動的詩行，

帶來歲月的問候。

……

一個意象，經作者巧妙引申，成了一首凝練而富匠心的作品。

再看北島的《岸》：

……

我是岸
我是漁港
我伸展著手臂
等待窮孩子的小船
載回一盞盞燈光。

擬人手法也運用得純熟而恰當。

這些新歌手被稱爲朦朧詩人，也因爲他們經常採用超現實手法，超越了現實世界的邏輯

⑪。比如北島的《峭壁上的窗戶》：

……

陽光的虎皮條紋從牆上滑落，
石頭生長，夢沒有方向
散落在草叢中的生命
向上尋找著語言……

不好分析，也不能揆諸常理，採用的就是典型的超現實技巧。

超現實技巧如利刀：操刀失手，會切斷作者和讀者溝通之路；善加運用，卻可以開拓前所未有的境界。在下列例子裏，超現實手法就發揮了積極作用：

墓穴裏，一盞盞長明燈
目睹了青銅或黃金的死亡

北島：《隨想》

我的心像黎明時開放的大地和海洋
駝鈴、壁畫似的帆從我身邊出發
到遙遠的地方，叩響那金幣似的太陽

楊煉：《大雁塔・遙遠的童話》

第一例中，直指的意義也許不容易確定；但讀者可以感覺到莫名的不安。第二例中的一、二兩行，效果不算十分突出。可是第三行以金幣比喻太陽，把顏色、聲音同時貫注於一物，表現了太陽的光亮與鏗鏘，超現實手法用得頗爲成功。

受過超現實手法洗禮的詩人，意象通常頗爲奇警。北島、楊煉、顧城、江河等詩人都受過這種洗禮，因此作品也具備這一優點。顧城的《冬日的溫情》，開頭幾行大膽而新穎，對讀者的感官產生頗大的撞擊，迷信毛澤東《在延安文藝座談會上的講話》的詩人，肯定寫不出：

在冬天的樹上
落著一隻大鴉

黑得像接近黎明的夜
因而發出光亮

「黑得像接近黎明的夜」而又「發出光亮」，是矛盾語，不合日常邏輯，不符合工農兵文藝的標準，黨的喉舌即使想得出，也未必有膽量形諸文字。

除了超現實主義，這批詩人還受西方的意象主義啟發，寫作時務求濃縮⑫。在下面的例子裏，意象主義的啟發顯而易見：

那是座寂寞的小墳……

芒克：《酒》

整齊的光明，
整齊的黑暗。

芒克：《路燈》

短短三行，就構成了兩首小詩；而且都一語中的，了無贅詞，頗得意象派的神韻。第一首只用一個隱喻，就把酒的特徵和有關的聯想準確而濃縮地表現了出來。第二首以白描手法寫路燈，視覺效果也十分鮮明[13]。

「文革」後第二期的詩人，像第一期的同行一樣，都抒寫個人的情感，筆觸卻比第一期的同行細膩純熟：

霧打濕了我的雙翼
可風卻不容我再遲疑
岸啊，心愛的岸
昨天剛剛和你告別
今天你又在這裏
明天我們將在
另一個緯度相遇
是一場風暴，一盞燈
把我們聯繫在一起

是另一場風暴，另一盞燈
使我們再分東西
那怕天涯海角
豈在朝朝夕夕
你在我的航程上
我在你的視線裏。

舒婷：《雙桅船》

在詩人的筆下，一個統一的意象，發展成一首完整的詩。詩中的細節在比喻的層次上延伸，彼此銜接呼應，結尾明快而利落，讀者可以各有會心。我們可以說，舒婷在詩中用擬人法描寫船和岸的關係；也可以說，她以船和岸比喻兩個人的愛情。

從可怕的紅色風暴出來，年輕的詩人找回了自我，開始以人爲本位。於是，顧城說：「在那睫影的掩蓋下／我發現了我」（《凝視》）。而另一位詩人江河，也從愛情裏找到了有血有肉的人性，獲得眞正的溝通：

每一次接觸和閃電，每一片嘴唇和吻
都把我從孤獨中解放，觸進另一個人
觸進所有跳動的心

《從這裏開始》

這些詩人在紅旗之下長大，照黨的說法，應該是無限幸福的了。但事實並非如此。他們目睹了「文革」，都像《敢有歌吟動地哀》的幾位作者一樣，遭夢魘般的回憶折磨，寫出了深刻的傷痕詩：

像白雲一樣飄過去送葬的人羣，
河流緩慢地拖著太陽

芒克：《凍土地》

我被投進監獄
手銬、腳鐐深深地釘進我的肉裏
鞭子和血在身上結網

聲音被割斷
……
我是被古老的刑法折磨的所有的人
痛苦地看著
自己被處決
看著我的血一湧一湧地流盡
江河：《沒有寫完的詩・赴刑》
我要讓一縷血痕再次捶打我的胸膛
讓被屠殺的歲月再次鮮紅
讓早霞的屍布遮蓋死亡
楊煉：《自白・靈魂》

在恐懼、暴力、死亡中，一個民族的心靈遭到折磨、扭曲，然後把痛苦投射在紙上：

在灰色的陽光碎裂的地方

拱門、石柱投下陰影
投下比燒焦的土地更加黑暗的回憶
彷彿垂死的掙扎被固定
手臂痙攣地伸向天空
彷彿最後一次
給歲月留下遺言
這遺言
變成對我誕生的詛咒

楊煉：《自白・誕生》

這類詩篇，和「文革」時期歌頌毛主席、歌頌黨、歌頌「新社會」和「新生事物」的「革命樣板」迥異。在這些作品裏，讀者看到紅旗之下的「新社會」、「新中國」是什麼樣的社會，什麼樣的中國。「幸福的新一代」，誕生時竟要承受詛咒。他們的簡歷，竟是：「我是一個悲哀的孩子」（顧城：《簡歷》）。

像《敢有歌吟動地哀》裏面的作者一樣，這批詩人也經歷了理想的幻滅。他們有的「把

青春純潔的騷動獻給了革命」(江河:《沒有寫完的詩·簡短的抒情詩》),結果發覺現實和當日的理想完全相反:

我被釘在監獄的牆上

江河:《沒有寫完的詩·古老的故事》

我是母親,我的女兒就要被處決
槍口向我走來,一隻黑色的太陽
在乾裂的土地上向我走來

江河:《沒有寫完的詩·受難》

在這些作品中,詩人以超現實技巧把奧威爾式社會和卡夫卡式氣氛準確地刻畫出來,給讀者極大的震撼。

在中共的統治下,許多詩人覺得生命給糟蹋了,於是發而爲詩,往往令人感喟不已。這種主題,有時即使在詩的副題也可以讀到。比如楊煉《自白》一詩的副題——「給一座廢墟」,就是個突出的例子:寥寥數字,就對「新社會」提出了強有力的控訴。一個年輕的心靈，要慘遭什麼樣的蹂躪，才會成爲廢墟呢？作者無須解說，讀者就心中有數了。這類強烈而濃縮的意象，「文革」時期是找不到的。歌頌「文革」的人，喜歡說「文革」觸到了每個靈魂的深處；拿這句話來形容上述意象，似乎更恰當些。

從黑夢中醒來，新的一代都想忘掉可怕的過去：

明天，不
明天不在夜的那邊
……
而夜裏發生的故事
就讓他在夜裏結束吧

北島：《明天，不》

當我們踏上了愛的小船，過去就消失了。

顧城：《風偷去了我們的槳》小釋

並開始憧憬黎明，對未來充滿了信心：

但願我和你懷著同樣的心情
去把道路上的黑暗打掃乾淨。
芒克：《黎明》

我是詩人
我要讓玫瑰開放，玫瑰就會開放
自由會回來，帶著它的小貝殼
裏面一陣風暴發出迴響
黎明會回來……
楊煉：《自白・詩的祭奠》

在展望未來的同時，部分詩人也開始回顧過去，回顧黑夢以外的傳統：

我們要回家鄉去，回到青銅的古樂中去，我們的
生命充滿了歸復本源的願望。

……只有在祖先安息的地上，我們的愛才能安睡。

顧城：《回歸》小釋

這一主題，楊煉在《大雁塔》裏以更長的篇幅表現，從古跡中追本溯源，伸入整個民族的歷史：

山峰似的一動不動
墓碑似的一動不動
記錄下民族的痛苦和生命

《大雁塔．位置》

終於，硝煙和火從封閉的莊院裏燃起
從北方，那蒼茫無邊的羣山與平原之間
響起了馬蹄、廝殺和哭嚎
紛亂的旗幟在我周圍變幻，像雲朵

像一片片在逃難中破碎的衣裳
我看到黃河急急忙忙地奔走
被月光鋪成一道銀白色的挽聯
哀悼著歷史，哀悼著沉默

楊煉：《大雁塔・遙遠的童話》

上引兩節頗有史詩的氣勢，已經從純粹的抒情移向另一層次。過去幾年，楊煉的筆開始伸向《楚辭》，伸向中國深邃的古典；發展下去，會開拓更新的境界，也未可知。

四

「文化大革命」，革了中國文化的命。「文革」剛結束時，許多人回顧中國歷史，都說五千年來，沒有一個時期像「文革」那樣，把中國文化斲傷得那麼嚴重。「文革」後，一些年輕的詩人像新苗在劫火後冒出，讓我們看到一九四九年到「文革」時期中國大陸從未有過的綠意；假以時日，中國大陸的新詩應該有光明的未來。想不到「文革」之後，「偉大的導師」之後，又出一個「總設計師」，設計一個令人髮指的「六四」，再度把中國的知識分子投入一場大規模的劫難。許多詩人，被捕的被捕，流亡的流亡；剛出現的綠意，又遭黑冰黑霜摧殘掩埋。

在中華民族再逢災劫的時刻，我們衷心默禱，禱殘冬早日消逝，新春早日降臨，讓剛萌的詩苗重新在尹吉甫和屈原灌溉的大地上茁壯。

一九九〇年十月八日於多倫多

註釋

❶湖北人民出版社，一九七三年十二月第一版。

❷中央民族學院編，北京，人民文學出版社，一九七二年九月第一版。

❸延安地區編創組編，北京，人民文學出版社，一九七四年五月第一版。

❹《獻給祖國的花朵》編輯組編，北京，人民文學出版社，一九七六年三月第一版。

❺王羣生著，北京，人民文學出版社，一九七三年四月第二版。

❻朱述新、杜志民著，北京，人民文學出版社，一九七五年七月第一版。

❼王綬青、李洪程著，北京，人民文學出版社，一九七五年七月第一版。

❽廣西壯族自治區革命委員會文藝創作辦公室編，北京，人民文學出版社，一九七五年八月第一版。

⑨ 黃聲笑，《挑山擔海跟黨走》。

⑩ 「朦朧」一詞拿來形容這些作者時，原有貶義。後來大家習慣了，卽使無意貶抑，也都稱他們爲朦朧詩人了。

⑪ 文學中「超現實」一詞，源出法文 surréalisme，由安德列・布雷東（André Breton）、路易・阿拉貢（Louis Aragon）、保爾・艾呂雅（Paul Eluard）等人提倡、發揚。超現實技巧設法探索人類的無意識（unconscious），使無意識和意識（conscious）交織，超越常理，超越邏輯，於一九二〇年代興起，六十年代臺灣的一些詩人曾大量採用。

⑫ 意象主義（imagism）流行於第一次世界大戰前，由埃茲拉・龐德（Ezra Pound）、艾米・洛厄爾（Amy Lowell）、理查德・奧爾丁頓（Richard Aldington）、H.D.（卽希爾達・杜利特爾 Hilda Doolittle）等人提倡，著重清晰、凝練、警策的意象。

⑬ 這種表現手法，也有日本俳句的味道。

回顧新文學運動的航向

一

「五四」是一個政治運動和文化運動。今天是「五四」七十二周年了，先賢要破除的封建，仍在九百六十萬平方公里的大地上盤根錯節；中國人熱切盼望的德先生，仍是果多（Godot）先生，杳無踪影。嚴格說來，五四運動迄今，能長足進展的只有新文學。

在「五四」七十二周年回顧新文學運動的航向，有特別的意義：今人和「五四」之間有了適當的距離，檢討前人的論點和主張時會比較客觀；要對當年的正偏航向加以總結，也比較方便。

二

二

五四新文學運動的先鋒中，以胡適、陳獨秀等人最有名；要檢討新文學運動的航向，應該以他們為中心。新文學運動的宣言、信條、主張，散見於五四運動前後的一些文獻，其中以胡適的《文學改良芻議》、《歷史的文學觀念論》、《建設的文學革命論——國語的文學——文學的國語》、《逼上梁山——文學革命的開始》、陳獨秀的《文學革命論》……最為重要。因此，下面的討論也以這些文獻為主。

新文學運動的最大成就，是胡適在文言和白話方面的破立工作。胡適發覺中國文學中的白話一直在發展，可惜未成為創作的主要工具。他說：

……這一千年來，中國固然有了一些有價值的白話文學，但是沒有一個人出來明目張膽的主張用白話為中國的「文學的國語」。有時陸放翁高興了，便做一首白話詩；有時柳耆卿高興了，便做一首白話詞；有時朱晦菴高興了，便寫幾封白話信，做幾條白話札記；有時施耐菴、吳敬梓高興了，便做一兩部白話小說。這都是不知不覺的自然

> 出產品，並非是有意的主張。因為沒有「有意的主張」，所以做白話的只管做白話，做古文的只管做古文，做八股的只管做八股。因為沒有「有意的主張」，所以白話文學從不曾和那些「死文學」爭那「文學正宗」的位置。白話文學不成為文學正宗，故白話不曾成為標準國語。（《建設的文學革命論——國語的文學——文學的國語》）

胡適提倡以白話爲國語，在新文學發展的歷史上是個大功臣，今日的作家都應該感謝他。趙聰稱他爲「五四新文學運動的開山大師」，認爲「如果沒有他，新文學運動在五四以前可能不會發生」[1]，大致是正確的。

胡適能夠當「開山大師」，有兩個原因。第一，他是《白話文學史》上卷的作者，對白話文學有深入的研究，看得出白話的活力。他在《逼上梁山——文學革命的開始》一文中說：「一部中國文學史只是一部文字形式（工具）新陳代謝的歷史，只是『活文學』隨時起來替代了『死文學』的歷史。」在《歷史的文學觀念論》裏說：「白話文學之趨勢，雖爲明代所截斷，而實不曾截斷。」這樣的論點，只有見樹又見林的人才能提出。第二，胡適瞭解英、德、法、意等國的文學概況，看文學發展的走勢時比較客觀。因此能概述各國文學發展的共通點：但丁、包卡嘉（Boccaccio）用意大利白話，趙叟（Chaucer）、威克列夫（Wycliffe）分別用英國的中部土話寫詩，翻譯耶教的《舊約全書》和《新約全書》，意、英兩國才有活的國語（《建設的文學革命論——國語的文學—文學的國語》）。他還指出：「在意大利提倡用白話代拉丁文，眞正和在中國提倡用白話代漢文有同樣的艱難」，並說明艱難的原因；可見他對西方文學的發展看得頗爲通透。如此放眼中外的一位作家、學者，見國會開幕詞中有「於鑠國會，遵晦時休」（《文學改良芻議》）的「妙句」，自然覺得可笑了。

胡適的文章，常能言人之未言，見人之未見，對新文學航向的選擇發揮了主導作用：

……古文家盛稱馬、班，不知馬、班之文已非古文。使馬、班皆作盤庚大誥「清廟生民」之文，則馬、班決不能千古矣。古文家又盛稱韓、柳，不知韓、柳在當時皆為文學革命之人。彼以六朝駢儷之文為當廢，故改而趨於較合文法、較近自然之文體。其時白話之文未興，故韓、柳之文在當日皆為「新文學」。（《歷史的文學觀念論》）

……馬、班自作漢人之文，韓、柳自作唐代之文。其作文之時，言文之分尚不成一問題，正如歐洲中古之學者，人人以拉丁文著書，而不知其所用為「死文字」也。宋代之文人，北宋如歐蘇皆常以白話入詞，而作散文則必用文言；南宋如陸放翁常以白話作律詩，而其文集皆用文言；朱晦菴以白話著書寫信，而作「規矩文字」皆用文言：

此皆過渡時代之不得已，如十六、七世紀歐洲學者著書往往並用己國俚語與拉丁兩種文字……（《歷史的文學觀念論》）

……用死文言的人，有了意思，卻須把這意思翻成幾千年前的典故；有了感情，卻須把這感情譯為幾千年前的文言。明明是客子思家，他們須說「王粲登樓」……明明是賀陳寶琛七十歲生日，他們卻須說是賀伊尹、周公、傅說。更可笑的：明明是鄉下老太婆說話，他們卻要叫他打起唐、宋八家的古文腔兒；明明是極下流的妓女說話，他們卻要他打起胡天遊、洪亮吉的駢文調子！……即如那《儒林外史》裏的王冕，是一個有感情、有血氣、能生動、能談笑的活人。這都因為做書的人能用活言語活文字來描寫他的生活神情。那宋濂集子裏的王冕，便成了一個沒有生氣、不能動人的死人。為什麼呢？因為宋濂用了二千年前的死文字來寫二千年後的活人……（《建設的文學革命論——國語的文學——文學的國語》）

……「死文言決不能產出活文學」。中國若想有活文學，必須用白話，必須用國語，必須做國語的文學。（《建設的文學革命論——國語的文學——文學的國語》）

在這些文章中，胡適能夠以歷時（diachronic）和共時（synchronic）的觀點看文學；不但放眼中外，而且縱覽古今；不愧爲新文學運動的發起人。

胡適在七十多年前就提出上述見解，是難能可貴的。那時候，文言是正統；白話在絕大多數人的眼中登不了大雅之堂。反對新文學運動的，除了林紓、胡先驌、章士釗……，還有千千萬萬吃文言奶水長大的人。也許是這個緣故吧，提倡白話的胡適爲了與當時的讀者溝通，寫《文學改良芻議》和《歷史的文學觀念論》時，竟不得不用文言。

在提倡白話的運動中，陳獨秀完全支持胡適。他在《文學革命論》裏，準確地指出了死文言的缺點：「居喪者即華居美食，而哀啟必欺人曰，『苫塊昏迷』。」

這類一針見血的批評，在錢玄同的文章裏也可以看到：「至於當世所謂能作散文之桐城巨子，能作駢文之選學名家，做詩塡詞必用陳套語，所造之句不外如胡先生所舉胡先驌君所塡之詞，此等文人，自命典贍古雅，鄙夷戲曲小說，以爲猥俗不登大雅之堂者，自僕觀之，此輩所撰，皆『高等八股』耳……」（《寄陳獨秀》）

「五四」時期，和白話運動同樣重要的，是題材的推廣。胡適發起新文學運動時，許多傳統文人有一種錯覺，認爲某些特定的題材方可入文、入詩，某些題材要摒諸詩文之外。胡適卻一反傳統，大力拓展文學領域：

> ……官場妓院與齷齪社會三個區域，決不夠採用。即如今日的貧民社會，如工廠之男女工人，人力車夫，內地農家，各處大負販及小店舖，一切痛苦情形，都不曾在文學上佔一位置。並且今日新舊文明相接觸，一切家庭慘變，婚姻苦痛，女子之位置，教育之不適宜……種種問題，都可供文學的材料。（《建設的文學革命論——國語的文學——文學的國語》）

今日，涉獵過西方現代文學的人看來，這類主張已不算新穎。歐美的現代作家，二十世紀初提倡反浪漫，以牛溲馬勃入詩，就是爲了推廣題材、開拓文學領域。胡適在五四時期提出上述主張，也許受了西方的啟發；但這種主張畢竟影響深遠，即使未能一空依傍，仍有重大的意義。

散見於上述的文章中，還有許多創見。這些創見（諸如：中國人應該多譯些西洋名著，從中吸取營養；試驗白話爲韻文利器；創作時須言之有物；不模仿古人；不作無病之呻吟；務去爛調套語；不避俗字俗語……），在新文學運動中，都發揮過積極作用；而且經過實踐的檢驗，今日已成爲不爭之論。

三

一九一九年前後，胡適和陳獨秀等人的最大目標是矯枉，矯傳統千百年之枉。不過矯枉常會過正。胡、陳等前驅也不例外。在七十多年後的今天回顧，發覺他們的文章的確有不少過正的論調。

「五四」的一大突破是提倡並推廣白話，把白話提升到大雅之堂。但這些前驅崇尚白話時，卻未能予文言應有的重視。在《建設的文學革命論——國語的文學——文學的國語》裏，胡適雖然說過：「有不得不用文言的，便用文言來補助」。但一般說來，在胡適等人的心目中，白話和文言是對立的；「白話的文學爲中國千年來僅有之文學」（《逼上梁山——文學革命的開始》）。後人受了這類論點誤導，乃動輒鄙棄文言，拒絕從中吸取營養，結果寫出了不少稀釋粗劣的文字。

白話（vernacular）對文學的重要性，中外都有數不盡的例子可以證明，今日誰也不會懷疑的了。在世界各國的文學發展史上，書面語一旦脫離口語，就會失去營養，漸漸乾枯，最後像胡適所提到的「死文言」那樣，變成殭死的文字。不過，不是所有文言都是死的；文白不但不對立，而且可以相輔相成。中國如果以百分之百的白話爲文學語言，文學語言就會患貧血病。絕對的白，有時是單調、囉唆、累贅、貧瘠的同義詞，未必是放之四海而皆準的美德。不錯，白話是活的語言，注定要領未來的風騷，但文言有許多詞彙、句法，可以善加利用，以補白話的不足。高手之筆，甚至可以反魄回魂，叫死文字復活。要文字多變；要增加文字的濃淡之姿，疏密之勢；要使光影互彰，緩急相濟，文言的資源是不應該輕視的。胡適等前驅只見文言的糟粕，不見文言的精華，把偏見推廣爲運動而萬方景從，結果五四時期的許多文字，包括名家作品，往往平淡有餘，精練不足。我們讀了當代的傑作，細賞其中善於吸納文言之長的現代漢語，再看五四時期的作品，就會知道，由於盲目排斥文言，「五四」的作家付出了多高的代價。

就這一點而言，周作人較爲持平。周氏在《文學革命運動》一文中說過：「我以爲古文和白話並沒有嚴格的界限，因此死活也難分。」當年的作家讀了胡適的宣言，如果再看周作人的腳註，矯起枉來也許不致過正得那麼嚴重。

「五四」的先驅在否定文言時，還強烈否定古典。在胡適的文章中，獲得肯定的體裁、作品（如元曲、《儒林外史》、《老殘遊記》等小說）都是白話文學。獲胡適頌揚的詩（如白香山的《道州民》、黃山谷的《題蓮花寺》），也和白話有關。杜甫的作品千變萬化，獲胡適揄揚的，卻只有《石壕吏》、《自京赴奉先縣詠懷五百字》幾首接近白話的作品；千彙萬狀的《秋興》、沉厚深醇的《詠懷古跡》，都得不到他的青睞。《石壕吏》和《自京赴奉先縣詠懷五百字》都是好詩，誰也不會否認。但論深度、廣度，以至文字的藝術和匠心，這些作品是遠遠比不上《秋興》的。胡適的青眼忽略了杜甫最出色的傑作，主要因爲白話障目，不見泰山。今日，我們當然可以替胡適辯護，說他要提倡白話，所舉的例子自然應該以接近白話的作品爲主。不過以這些作品爲文學的最高標準，而忽略更出色的非白話作品，畢竟有點偏頗。

陳獨秀在這方面的偏差更大。他在《文學革命論》裏說：「推倒雕琢的阿諛的貴族文學，建設平易的抒情的國民文學……推倒陳腐的鋪張的古典文學，建設新鮮的立誠的寫實文學……推倒迂晦的艱澀的山林文學，建設明瞭的通俗的社會文學。」驟看之下，這段文字有點模稜。比如說，「推倒陳腐的鋪張的古典文學」這一句的意思，可以是：「古典文學良莠不齊，有些作品陳腐鋪張，應該推倒」；也可以是：「所有的古典文學都陳腐鋪張，應該全部推倒」。如果陳獨秀所說的是第一種意思，大概不會有人反對。不過就作者的態度和上下文而言，這句話所指的應該是第二種意思。因爲引文中最後一句的「社會文學」，在陳獨秀筆下是個褒義詞組；「明瞭的通俗的社會文學」，應該指所有的社會文學都明瞭通俗，而不是說有些社會文學明瞭通俗，有些社會文學不明瞭、不通俗。「古典文學」在作者筆下是個貶義詞組，「推倒陳腐的鋪張的古典文學」和「建設明瞭的通俗的社會文學」句法相同，意思也應該是：「所有的古典文學都陳腐鋪張，應該推倒」。這種偏見，一旦付諸實踐，作家賴以博大、賴以深厚的基礎就全部摧毀了。

同一時期的魯迅，和古典傳統有過因緣，卻因此感到羞恥，要自我批判，跟古典傳統劃清界線：

> 有些人卻道白話文要作得好，仍須看古書。……新近看見一種上海出版的期刊，也說起要作好白話文須讀好古文，而舉例為證的人名中，其一卻是我。這實在使我打了一個寒噤。別人我不論，若是自己，則曾經看過許多舊書，是的確的，為了教書，至今也還在看。因此耳濡目染，影響到所作的白話上，常不免流露出牠的字句體格來。但自己卻正苦於背了這些古老的鬼魂，擺脫不開，時常感到一種使人氣悶的沉重[2]。

白話文要作得流暢清通，的確不一定要看古書；可是要創新，要多姿，古書卻不可不看。魯迅的白話文未算多姿，有的也不大清通。「一種上海出版的期刊」舉魯迅爲例，以證明「要作好白話文須讀好古文」這一論點，恐怕是舉錯例子了。魯迅的文字是否清通多姿，下面再詳細討論。不過他如此打「寒噤」，如此鞭撻「古老的鬼魂」，不是爲了反戈一擊而言不由衷，就是對古書、對傳統不公，誤導許多以他爲導師的年輕人。

綜觀胡適、陳獨秀、魯迅等人的論調，發覺他們對古典和傳統都沒有好感，儘管他們自覺或不自覺、自知或不自知地從古典文學中吸取過營養，受過古典文學的沾匄恩惠。經過幾十年的實踐，今日有識之士和傑出的作家，早已肯定傳統，肯定古典。貴古賤今或貴今賤古，都會妨礙文學的發展。胡適說「文學因時進化，不能自止」（《文學改良芻議》），是有點片面了。說文學必因時進化或因時退化，都未能道出文學發展的軌跡。以六朝的作家和屈原比較，文學似乎在因時退化；以李杜和六朝作家比較，文學似乎在因時進化；以明朝的詩和唐詩比較，文學又似乎因時退化了。其實，文學的發展頗像波浪：有高低，有起伏；一波接一波，後浪不一定高出前浪；前浪升到了前所未有的高峯，也不一定表示此後不再有等高或更高的波峰出現。由於時代、環境、語言在變，種種題材、體裁，以至許多無法預測的因素，都會在文學史的長河裏湧現，使文學的發展伏了又起，起了又伏，以至起伏莫定。

文學要深厚博大，傳統是少不了的。在阿城的《棋王》裏，象棋高手腳卵與棋王王一生對弈，輸了，問王一生的棋是跟誰學的。王一生說：「跟天下人。」一心要兼收並蓄的作家，碰到類似的問題時，也應該有資格說：「跟古今人。」傳統對創作者如何重要，許多人都討論過了，其中以艾略特的《傳統與個人才具》（"Tradition and the Individual Talent"）最有名。拙文《舊調重彈——重談「橫的移植」和「縱的繼承」》❸對傳統的功用也有分析，在此就不再重複了。

否定文言，否定古典，自然也會否定與古典作品有關的技巧和形式。「五四」的先驅中，胡適和錢玄同都反對用典。胡適雖肯包容五種「廣義之典」，也舉了一兩個「狹義之典」用得工、「用字簡而涵義多」（《文學改良芻議》）的例子，但就下面的一段文字看，他對典故的觸覺仍不夠敏銳，包容量也窄了些：

> 東坡又有「章質夫送酒六壺，書至而酒不達。」詩云，「豈意青州六從事，化為烏有一先生！」此雖工已近於纖巧矣。（《文學改良芻議》）

錢玄同對用典否定得更徹底：

> ……凡用典者，無論工拙，皆為行文之疵病。……所舉之蘇詩，胡先生已有「近於纖巧」之論。弟以為蘇軾此種詞句，在不知文學之「斗方名士」讀之，必讚為「詞令妙

品」；其實索然無味，只覺可厭，直是用典之拙者耳。

……文學之文用典，已為下乘。……（《寄陳獨秀》）

在此，我得冒著戴錢玄同預製的「不知文學」的帽子，替坡公說幾句話。

胡、錢二公所舉的東坡詩，的確是詞令妙品，是不戴引號的詞令妙品：不但不可厭，而且可喜；不但不拙，而且巧而不纖，雋永有味。「烏有一先生」，胡、錢兩位大學者應該知道出自司馬相如的《子虛賦》。「烏有」用白話說，是「沒有」，「哪裏有」的意思。章質夫答應送酒，口惠而實不至；東坡沒有生氣，卻一本幽默的性情，作《張質夫送酒六壺，書至而酒不達，戲作小詩問之》：

白衣送酒舞淵明，急掃風軒洗破觥。豈意青州六從事，化為烏有一先生。空煩左手持新蟹，漫繞東籬嗅落英。南海使君今北海，定分百榼餉春耕。

作品用擬人法把六瓶酒比作烏有先生，詩人風趣的個性躍然紙上。胡適說此詩纖巧，大概因為他讀這首詩時太嚴肅，太持重了。錢玄同認為此詩可厭，索然無味，是「用典之拙者」，也因爲他缺乏幽默感，未能把賞詩的波段調整，以接收蘇詩的幽默頻率。

當然，如果說「五四」前後，國家民族處於危急存亡之秋，讀者有許多大事要關心，沒有閒情逸致去欣賞幽默，倒可以理解。但如果作品幽默而不解幽默之旨，並因此否定用典，就有欠公允了。至於說「凡用典者，無論工拙，皆爲行文之病」，也過於武斷。上述的巧思如果只准平鋪直敍，禁止用烏有先生的典故表達，不但幽默蕩然，作品也會變得平淡囉唆。

拙劣的用典要批評，靈巧的用典則不妨加以肯定。典故用得恰當，可以像蘇詩那樣濃縮經驗，化腐朽爲神奇，把平凡的意念表現得更耐咀嚼。典故用得好，往往有四兩撥千斤之功：一個字，一行詩，一句引言，都可以觸發繁富的聯想。典故用得好，有點像佛祖（作者）拈花，能給迦葉（有慧根、有文學修養的讀者）昭示千言萬語也傳遞不了的奧義。或像焰火的引線，一點燃，就綻出絢爛繽紛的七彩（千變萬化的聯想）。典故用得精妙（如杜甫在《秋興》、喬埃斯在《守芬尼根之靈》（*Finnegans Wake*）裏面那樣運用），作品會扣出文字的交響。龐德、艾略特在詩裏用拼貼（collage）手法，靈活地揷入外語典故、外語引文、外語句子；約翰·福爾斯（John Fowles）在小說裏用拼湊（pastiche）手法，櫽栝維多利亞時代小說家的作品，創造了特殊效果，增加了小說的欣賞層次；都可視爲典故的活用，要轉益多師的人不妨善加吸收。無條件服膺五四時期不用典的信條，無異自戴枷鎖，甘心以平面的表現手法為創作的最高標準。「文學之文用典」，可以是下乘，也可以是上乘。是上乘還是下乘，端視作者手法的高低，不可一概而論。

和典故一樣遭胡適等人詬病的，還有對仗。胡適在《文學改良芻議》裏所楬櫫的「八事」中，第七項就是「不講對仗」。這一觀點，同樣不應該視為鐵律。為對仗而對仗，被對仗奴役而囿於形式，固然不應該提倡。但對仗用得恰當，是可以創造各種藝術效果的。

古漢語的詞大致是單音；現代漢語雖然以複音詞為主，但單音詞仍然頗多，便於對仗。詩人和散文家如果善用漢語的這一特色，以對仗強調某種效果，增加音律和對稱之美，胡適所謂的缺點就可以變成優點了。杜甫《秋興》的「江間波浪兼天湧；塞上風雲接地陰」利用對仗，鮮明有力地劃出了空間坐標。《老子》的「信言不美；美言不信。知者不博，博者不知。善者不多；多者不善」；《莊子．人間世》的「天下有道，聖人成焉；天下無道，聖人生焉」；《孫子．形篇》的「善守者，藏於九地之下；善攻者，動於九天之上」；或加強論點，或對比觀念，善用漢語的特長，都應該加以肯定。

和英語、法語、德語、意大利語、西班牙語等印歐語比較，漢語用起對仗來，不知要靈活多少倍，足以叫英國的對仗高手約翰·李利（John Lyly）和塞繆爾·約翰遜（Samuel

Johnson）自覺笨拙。對仗是漢語的資產，不是漢語的債項。胡適不論好壞妍媸，一律加以否定，無異叫人丟掉古典文學的一個寶貴資源，是一大浪費。就這點而言，錢玄同的論點比較圓通：「一文之中，有駢有散，悉由自然。凡作一文，欲其句句相對與欲其句句不相對者，皆妄也。」（《寄陳獨秀》）

「五四」航向的另一偏差，是低貶了中國的文字語言，要中文無條件模仿西文。傅斯年在《怎樣作白話文》裏，就提出了這種論點：

> ……要是想成獨到的白話文，超於說話的白話文，有創造精神的白話文，與西洋文同流的白話文，還要在乞靈說話以外，再找出一宗高等憑藉物。
>
> 這高等憑藉物是什麼，照我回答，就是直用西洋文的款式，文法、詞法、句法、章法、詞枝……一切修詞學上的方法，造成一種超於現在的國語，因而成就一種歐化國語的文學。
>
> ……練習作文時，不必自己出題，自己造詞。最好是挑選若干有價值的西洋文章，用直譯的筆法去譯他；徑自用他的字調……
>
> ……自己作文章時，徑自用我們讀西文所得，翻譯所得的手段。心裏不要忘歐化文學

的主義。務必使我們作出的文章，和西文近似，有西文的趣味。

……偏有一般妄人，硬說中文受歐化，便不能通，我且不必和他打這官司，等到十年以後，自然分明的。

吸收西方語言之長，活用西文句法，以增加中文的變化和姿采，誰也不應該反對，而且應該大力提倡；但像傅斯年那樣歐化，「務必使我們作出的文章，和西文近似」，一切以西文爲依歸，中文就會變成西文的租界了。每種語言都有本身的特質和規律；既有其他語言所無的優點，也有其他語言所無的局限。要甲種語言盲目模仿乙種語言，或強迫乙種語言無條件服從甲種語言的規律，都是割裂語言、扭曲語言、摧殘語言的捷徑。不過傅斯年說得好，「十年以後，自然分明」。傅氏的文章發表於一九一九年二月一日北京出版的《新潮》。果然在「十年以後」，也就是二、三十年代，傅氏「不必和〔人〕打官司」，結果已「自然分明」：中國出現了數不盡的「和西文近似的」壞中文。今天，這些歐化中文如何生硬，如何違背漢語習慣，如何難以卒讀，許多對文字有敏感、對新文學有認識的人都知之甚詳；關心中文的作家（如思果、余光中、梁錫華、黃維樑）更常常撰文鍼砭，在此也無須枚擧，俯拾即是例子了。

傅斯年名氣不算太大，影響也許有限。不幸的是，比傅氏的名氣大得多、在中國大陸享有至尊地位、並且以「導師」、「語言大師」身分受中共神化的魯迅，對中文的態度也和傅氏相同，甚至比傅氏更「革命」。魯迅談翻譯時，對中文有以下的看法：

> ……我是至今主張「寧信而不順」的。……這裏就來了一個問題：為什麼不完全中國化，給讀者省些力氣呢？這樣費解，怎樣還可以稱為翻譯呢？我的答案是：這也是譯本。這樣的譯本，不但在輸入新的內容，也在輸入新的表現法。中國的文或話，法子實在太不精密了……講話的時候，也時時要辭不達意，這就是話不夠用……這語法的不精密，就在證明思路的不精密……要醫這病，我以為只好陸續吃一點苦，裝進異樣的句法去，古的，外省外府的，外國的，後來便可以據為己有。❹

今日，出色的作家、翻譯家、翻譯理論家，大概都不會贊成魯迅的說法了。因爲魯迅對中文的評價實在太低，對語言發展的規律也不太瞭解。

對於語言，翻譯理論家尤金・奈德（Eugene A. Nida）和查爾斯・泰伯（Charles R. Taber）有持平的看法，可以矯魯迅論點之偏：

……每一種語言都有自己的本質。也就是說，都有某些顯著的特點，賦該語言以獨特的個性……在每一種語言之中，哪裏是文化焦點所在，或民族活動所專，哪裏就會有豐富的詞彙相應……

要把信息傳遞得準確暢達，必須顧及每一語言的特質。

譯者必須顧及譯入語的特徵，儘量利用該語言的潛能，而不是因該語言缺乏某一特徵而徒然嗟歎。叫人遺憾的是，譯者有時竟要「改造」語言……

稱職的譯者為了用譯入語獨特的結構形式傳達譯出語的信息，必要時大可以更改譯出語的任何形式，而不會把甲種語言的結構強加於乙種語言之上。

只要形式不是信息中不可或缺的一部分，甲種語言能夠表達的一切，乙種語言同樣能夠表達。

……

要保留信息的內容，信息的形式必須改變。❺

魯迅和奈德的引文雖然是談翻譯，但也適用於中文。由於魯迅在五四時期地位頗高，在中共統治下的中國大陸更是至尊，對譯藝和中文曲解，肯定會影響不少後進——也影響了他自己。魯迅的文字，成功時頗為洗練精悍，失敗時卻也不乏瑕疵。關於這點，梁錫華在《魯迅與現代中文》❻裏有客觀的分析。梁文詳列了魯迅文字的各種毛病，深入而中肯。在此謹轉引一段翻譯，看看這位「導師」的理論產生了什麼樣的中文：

> 我國的文學，現在經過著那發達之一的決定底的機運（moment）。在國內，新的生活正在被建設。文學，是見得好像逐漸學得反映這生活於那未被決定的轉變的姿態上，而且能夠移向較高度的任務，即對於建設過程的或一定的政治底，尤其是日常生活底道德底作用去了。❼

正如梁錫華所說，「魯迅的譯文，往往整段整篇都是佶屈聱牙得可怕的，讀者即使耗盡智力和體力，也難明其中的意思。……這種醜惡萬狀的翻譯是完全無可修改的」❽。在梁錫華的文章裏，我們不但可以驚覗魯迅的翻譯，還可以諦觀魯迅的創作。魯迅的文字，彆扭起來實在叫人難過。如果寫這樣的文字可以獲「語言大師」的榮銜，「語言大師」一詞就沒有什麼意義了。

「五四」的前驅，還喜歡提倡唯實用論、唯「健康寫實」論，排斥一切沒有實際功用的作品和「不健康」的題材。先看胡適的《文學改良芻議》：

……今之少年往往作悲觀……其作為詩文，則對落日而思暮年，對秋風而思零落，春來則惟恐其速去，花發又惟懼其早謝：此亡國之哀音也。老年人為之猶不可，況少年乎！其流弊所至，遂養成一種暮氣，不思奮發有為，服勞報國，但知發牢騷之音，感喟之文；作者將以促其壽年，讀者將亦短其志氣：此吾所謂無病之呻吟也。……吾惟願今之文學家作費舒特（Fichte），作瑪志尼（Mazzini），而不願其為賈生、王粲、屈原、謝皋羽……。

再看陳獨秀的《文學革命論》：

際茲文學革新之時代，凡屬貴族文學，古典文學，山林文學，均在排斥之列。……貴族文學，藻飾依他，失獨立自尊之氣象也；古典文學，鋪張堆砌，失抒情寫實之旨也；山林文學，深晦艱澀，自以為名山著述，於其羣之大多數無所裨益也。其形體則

> 陳陳相因，有肉無骨，有形無神，乃裝飾品而非實用品；其內容則目光不越帝王權貴，神仙鬼怪，及其個人之窮通利達。所謂宇宙，所謂人生，所謂社會，舉非其構思所及。

現在回顧，相信許多人都會覺得，胡、陳的論點是太偏頗了。

先談胡適的見解。

胡適最反對的，是無病呻吟。西方二十世紀前期的一些文學批評家，如埃里希・奧爾巴赫（Erich Auerbach），都認爲文學是現實世界的反映，作品成功與否，端視其反映現實的眞確程度。奧爾巴赫的名著《模擬論》（*Mimesis*）[9]，抽樣分析荷馬以降的西方文學傑作時，就以反映現實的成功程度爲評價準則。按照這一準則，文學作品應該是有病的呻吟。

可是，奧爾巴赫之後，有許多文學理論家，如諾思羅普・弗賴伊（Northrop Frye）和邁克爾・里法泰爾（Michael Riffaterre），都否認文學作品有反映現實這回事。弗賴伊說：

> 文學的主要目標是創造文字結構。結構本身，就是創作目的。結構是否眞確，是否合

乎事實，都是次要問題。文字符號所以重要，是由於這些符號能組成題意呼應的結構；符號的涵義僅屬次要。有了這類獨立的文字結構，我們就有文學。❿詩生於詩；小說生於小說。文學由文學賦形；文學之形並非外鑠之物，不能獨立於文學之外，猶奏鳴曲、賦格曲、回旋曲的形式不能獨立於音樂之外一樣。⓫

里法泰爾則認為，文學作品只是一套語言符號，評價文學作品無須扯上符號以外的現實世界；文學作品只與讀者發生關係，與文字以外的現實世界無涉：

……以詩揆諸現實的批評方法，效果值得懷疑……

……作品的創作過程，不能解釋我們對作品所產生的反應：我們關心的只是符號所表達的內容。因為具有詩意的並不是外界現實，而是作品描述外界現實的方式……

……讀者無須參照現實經驗……因為要明瞭作品，參照語言符號就夠了……⓬

這些評論家以符號學（semiotics）觀點看文學，只聽呻吟，不問作者是否有病，因爲作者生病與否，評論家無法求證。有時候，即使作者無病，只要呻吟得好，其呻吟就是出色的文學作品。在這些評論家的心目中，文學沒有什麼無病呻吟這回事；他們只論眼前的作品，作品以外的一切（諸如作者有沒有寫實；作者的創作動機是什麼；作者是否言不對心，寫一套，做一套），完全不理。因爲作者的動機，讀者無從證驗；作品是否反映現實，作者是否寫一套，做一套，也與作品的好壞無關。不忠不孝、不仁不義的人寫忠孝仁義，可以寫出極好的作品。也就是說，作家大可以無病呻吟，扮演各種角色「騙人」。在這些評論家眼中，文學作品只是文字組合、文字遊戲。文字組合只分好壞，不分眞假；文字遊戲也只須遵守文字遊戲的規則。分析文學，就是分析文字組合，看文字遊戲是否遵守文字遊戲的規則。這些評論家的詞典，是沒有「內容蒼白」、「脫離現實」、「深入羣眾」、「從生活出發」、「爲工農兵服務」一類術語的。

上引的論點驚世駭俗，不但跟毛澤東《在延安文藝座談會上的講話》對著幹，和中國的「修辭立其誠」、和中外傳統中「文如其人」的說法也大相逕庭。在現實世界裏，最缺乏仁義道德的人，可以寫出一流的仁義道德宣言；最虛僞的人，也可以寫出最誠懇、最感人的文章。有諸內、形諸外的說法，有時的確不大可靠。在文學創作中，有時是有諸內，未必能形諸外；無諸內，卻偏能形諸外。在文學國度裏，柯蒂麗亞（Cordelia）要吃盡大虧，歌娜莉爾（Goneril）和莉茛（Regan）會佔盡便宜。

當然，這些評論家也有局限。比如說，他們不理會作品以外的因素，不大探討創作的條件和過程，因此未能指出，同一作家，有病呻吟通常比無病呻吟更容易寫出好作品。那麼，胡適否定無病呻吟，反對創作的人「弄虛作假」，給後進指出一條創作正道，大致上還是對的。因爲即使高手，無病而要呻吟得好，呻吟得像患病的人一樣，畢竟要多花點氣力。不過胡適連有病呻吟也反對，就未免太偏頗了。賈生、王粲、屈原都因爲有病呻吟而不朽。如果禁止有病的作者呻吟，中國文學要失去許多傑作，其中包括賈生的《鵩鳥賦》、屈原的《離騷》、王粲的《登樓賦》。一部文學史如果只有歡欣奮發之音，就未免太單調了。做人無疑要積極奮發，文學作品卻不一定要篇篇積極，篇篇奮發。一部中國文學史，既容得下蘇軾、辛棄疾、陸游，也容得下孟郊、賈島、李賀。一部法國文學史，既容得下雨果、左拉，也容得下藍波和普魯斯特。一部西洋音樂史，如果只有西貝柳斯的《芬蘭頌》，而沒有莫札特的《安魂曲》，就太可惜了。

獲胡適揄揚的費舒特（Johann Gottlieb Fichte, 1762—1814），是熱愛民族、鼓勵同胞抵抗拿破崙侵略的德國哲學家。馬志尼（Giuseppe Mazzini, 1805—1872）是意大利革命家，是復興運動中民主共和派的領袖，對意大利的統一貢獻良多。胡適寫《文學改良芻議》時，中華民族正須發憤圖強，偏重「奮發有爲、服勞報國」的作者和積極向上、鼓舞人心的作品，是可以理解的。但如果因爲這緣故而否定屈原、賈生，並以「積極向上」爲絕對的、唯一的創作標準，就無異給中國新文學的發展預設路障了。

在廣闊的文學領域裏，奮發向上固佳，消極向下也未必壞。獲胡適稱頌的《紅樓夢》，就是一部消極向下的傑作。這部傑作不但不叫人「奮發有爲，服勞報國」，反而叫人看破紅塵，看破聚散，頓悟於奮發之外。這樣的作品，是否也要排斥呢？如果希臘人只留荷馬，意大利人只容但丁，相信荷馬和但丁爲了本族文學的命運，也會反對同胞這麼狹隘。荷馬的《伊利昂紀》歌頌英雄，鼓舞希臘民族奮發，是傑作；埃斯庫羅斯（Aischulos）、索福克勒斯（Sophokles）、歐里庇得斯（Euripides）的悲劇看透生命，使人讀後看後有蒼涼之感，同樣是佳篇。在林覺民和秋瑾之外，多一個納蘭性德或沈復，不是更好嗎？

如果我是胡適，我倒會鼓勵青年循稟賦發展：有林覺民、秋瑾氣質的，大可以取則乎林覺民和秋瑾，與費舒特、瑪志尼媲美；沒有林覺民和秋瑾氣質的，也不妨在別的領域裏各盡職守。有志創作的，我會鼓勵他們視本身的能力、愛惡、才華發展：喜歡寫英雄史詩的寫英雄史詩，喜歡寫悲劇的寫悲劇。政治或文學上的大一統，定某一思想、某一題材、某一風格於一尊，是大大的壞事。一個國家或政府，如果只許作者寫一種作品，是十分危險的，哪怕這些作品篇篇都「健康寫實」。中世紀的天主教，二十世紀的法西斯、納粹黨、共產黨所推行的，就是這種意識型態。後果如何，已經有目共睹，在此也無須贅述了。

至於「對落日而思暮年，對秋風而思零落，春來則惟恐其速去，花發又懼其早謝」，也不見得有什麼不妥。這類情懷，是人類所共有，如能形諸文字而又成為藝術，往往可以乘弗賴伊的基型（archetype）之勢，直扣人類心弦[13]。

如果世界文學取締了「對落日而思暮年，對秋風而思零落，春來又惟恐其速去，花發又懼其早謝」的作品，文學的幅員必定大減。自從世界有文學以來，生、老、病、死、苦、喜、怒、哀、樂、愛、惡、欲（其中包括傷春、悲秋、思暮年、思零落，也包括「牢騷之音，感喟之文」）一直是重要的題材，人類寫了幾千年仍可以繼續變奏，不斷推陳出新，為世界文學增添姿采。要取締夕曛，只容朝霞，命所有作家朝東，不准面西，定江青的「革命樣板」、浩然的《豔陽天》和《金光大道》於一尊，等於陷世界文學於「文革」，給世界文學戴上「四個堅持」。「湛湛江水兮上有楓，目極千里兮傷春心」。「風急天高猿嘯哀，渚清沙白鳥飛迴。無邊落木蕭蕭下，不盡長江滾滾來。萬里悲秋常作客，百年多病獨登臺」。「落日照大旗，馬鳴風蕭蕭」。「別來春半，觸目愁腸斷。砌下落梅如雪亂，拂了一身還滿」。「林花謝了春紅，太匆匆」。……都思暮年，都寫落日，都傷春悲秋，但都是好作品。胡先生忍心取締這些佳作嗎？

中國文學需要蘇東坡的達觀恣縱：「老夫聊發少年狂，左牽黃，右擎蒼。錦帽貂裘、千騎卷平崗」（《江城子》）；需要辛棄疾的踔厲風發：「醉裏挑燈看劍，夢回吹角連營……馬作的盧飛快，弓如霹靂弦驚」（《破陣子》）；也需要柳永（胡適論白話時推許的作家）的傷春悲秋：「多情自古傷離別，更那堪冷落清秋節」（《雨霖鈴》）；「江風漸老，汀蕙半凋，滿目敗紅衰翠」（《卜算子》）。以積極或消極、朝氣或暮氣、「健康」或「不健康」爲評價文學的唯一標準，是極不健康的。寫暮氣、寫消極的情懷寫得好，同樣是好作品，無須視爲洪水猛獸。

心理治療家讀了王勃的「興盡悲來，識盈虛之有數」；讀了李賀的「思牽今夜腸應直，雨冷香魂弔書客。秋墳鬼唱鮑家詩，恨血千年土中碧」；都會暗暗心驚，覺得這類感喟，「老年人爲之猶不可，況少年乎！」因爲這類作品，反映了極不平衡、極不開朗的精神狀態，「作者將以促其壽年」。於是，他們可以勸作者少寫這類詩文，然後輔以心理治療。文學批評家和愛好文學的讀者，處境卻矛盾得多：他們一方面爲王勃、李賀的心理健康擔心，一方面又喜歡上述作品。不過他們不是心理治療家，也只能爲這兩位注定短壽的作者難過；同時又爲他們在藝術上的成就而感到欣喜。樂迷聽了莫札特的《安魂曲》，感覺也大致相同。

陳獨秀比胡適更偏激。他要求文學變成實用品，對大多數人有裨益，已遙呼毛澤東的

《在延安文藝座談會上的講話》了。「大眾化」、「爲工農兵服務」等教條，已隱隱成形。陳獨秀如果沒有被同志打成「取消主義者」、「右傾機會主義者」，到大權獨攬時，來一個什麼「文藝座談會上的講話」，也未可知。

此外，陳獨秀對文學的看法也欠謹嚴。中國古典文學（尤其是詩）的抒情成分，文學史家早已大書特書，而陳獨秀卻說「古典文學……失抒情寫實之旨」，是知己的工夫不足。排斥文學中「神仙鬼怪」的內容，則是既不知己，又不知彼了。中外文學裏，寫神仙鬼怪的傑作數之不盡，陳獨秀卻要取締，文學觀未免太褊狹了。荷馬的鉅著《伊利昂紀》和《奧德修紀》、毗耶娑（廣博仙人）的《摩訶婆羅多》、蟻垤的《羅摩衍那》都寫神仙鬼怪，而且大寫特寫，寫得精彩，寫得淋漓。中國正需有才力的詩人在這方面努力，寫一本半本類似的作品。陳獨秀卻大力反對，眞是幫中國文學的倒忙了。

至於文學必須實用、文學必須大眾化一類狹隘理論，今日已沒有太大的市場。文學在成爲好文學之餘，而又能夠大眾化，對大眾有裨益，給社會帶來進步繁榮，當然再好沒有。不過，不能大眾化、不能成爲實用品的，只要仍是好作品，也一樣有存在價値。李商隱的詩、喬埃斯的《尤利西斯》有多少人看得懂呢？對大眾又有什麼實際裨益呢？文學不是標語，不必成爲實用品，也不必爲某一階級服務。一九四九到一九七六年之間，中國大陸沒有幾部出色的文學作品，就因爲中共奉行毛澤東的教條，把陳獨秀有關文學的功用、題材、風格的論點「發揚光大」，令作家爲黨、爲領袖服務，而美其名曰：「爲工農兵服務。」結果呢，是萬馬齊暗。

四

胡適、陳獨秀等人，七十多年前見中國文學被困於死海，毅然建造新文學之船，航入未知的水域，航入清新的海風。當時，面對茫茫的煙波，他們唯一的憑藉是無比的勇氣、一點點的航海知識，以及胸中那股對中國文學的關懷。他們當年的航向無疑有種種偏差，也誤導了不少後進，使新文學之船航行了一些寃枉的海程。不過，也正是他們的航海經驗，幫後人調整航向，避凶趨吉，新文學之船才能駛回正確的航道。

七十多年後的今天，中國的新文學有了值得珍惜的傳統；先輩的經驗，是這個傳統的一部分。那麼，在「五四」七十二周年回顧新文學的航向時，我們仍應該感謝先輩啟碇掌舵之功的。

「五四」七十二周年於多倫多

註釋

❶《現代中國作家列傳》（香港中國筆會，一九七六年一月再版），頁七—八。

❷《寫在〈墳〉後面》。

❸見《從著草到貝葉》（香港詩風社，一九七六年），頁四一—五四。

❹見《二心集》（香港三聯書店，一九五八年香港第一版），頁一六〇。據該書編者的註釋，原文「最初發表於一九三二年六月《文學月報》第一卷第一號。發表時的標題是「論翻譯」，副標題「答 J. K. 論翻譯」。J. K. 是瞿秋白的筆名。他給魯迅的這封討論翻譯的信最初發表於一九三一年十二月十一日《十字街頭》第一期」。瞿秋白對中文的評價也不高，在信裏說：「中國的言語（文字）是那麼窮乏，甚至於日常用品都是無名氏的。中國的言語簡直沒有完全脫離所謂『姿勢語』的程度——普通的日常談話幾乎還離不開『手勢戲』。自然，一切表現細膩的分別和複雜的關係的形容詞，動詞，前置詞，幾乎沒有。宗法封建的中世紀的餘孽，還緊緊的束縛著中國人的活的言語……」見同書，頁一四八。

中國言語（文字）在手，就可以出入陰陽、窮究人情物理、曲達哲思玄想而挫六合於筆端的尹吉甫、莊子、屈原、司馬遷、李白、杜甫、蘇東坡、曹雪芹等語言大師，聽了魯迅和瞿秋白非薄中文的話，眞不知該笑還是該哭。

❺原文爲：

"... each language has its own genius. That is to say, each language possesses certain distinctive characteristics which give it a special character.... Each language is rich in vocabulary for the areas of cultural focus, the specialities of the people....

"To commnunicate effectively one must respect the genius of each language.

"Rather than bemoan the lack of some feature in a language, one must respect the features of the receptor language and exploit the potentialities of the language to the greatest possible extent. Unfortunately, in some instances translators have actually tried to 'remake' a language....

"Rather than force the formal structure of one language upon another, the effective translator is quite prepared to make any and all formal changes necessary to reproduce the message in the distinctive structural forms of the receptor language....

"Anything that can be said in one language can be said in another, unless the form is an essential element of the message.

......

"To preserve the content of the message the form must be changed." 見 Eugene A. Nida and Charles R. Taber, *The Theory and Practice of Translation* (Leiden: E. J. Brill, 1969), pp. 3-5.

❻ 見《文藝雜誌季刊》第十四期，一九八五年六月，頁四〇—四七。

❼ 同上，頁四三。

❽ 同上，頁四三。

❾ Erich Auerbach, *Mimesis: The Representation of Reality in Western Literature*, trans. Willard Trask (New York: Doubleday, 1953).

❿ 原文爲：

"In literature, questions of fact or truth are subordinated to the primary literary aim of producing a structure of words for its own sake, and the sign-values of symbols are subordinated to their importance as a structure of interconnected motifs. Wherever we have an autonomous verbal structure of this kind, we have literature." 見 Northrop Frye, *Anatomy of Criticism: Four Essays* (Princeton, New Jersey: Princeton University Press, 1957), p. 74.

⓫ 原文爲：

"Poetry can only be made out of other poems; novels out of other novels. Literature shapes itself, and is not shaped externally: the *forms* of literature can no more exist outside literature than the forms of sonata and fugue and rondo can exist outside music." 見 *Anatomy of Criticism: Four Essays*, p. 97.

⓬ 原文爲：

"...la comparaison du poème avec la réalité est une approche critique d'efficacité douteuse...."

"les circonstances de la composition d'un texte ne sauraient expliquer nos réactions à ce texte sous sa forme définitive: seul compte pour nous ce qui est encodé. Car ce n'est pas la réalité extérieure qui est poétique, mais la manière dont elle est décrite...." "...le lecteur n'a pas besoin de se référer à son expérience du réel...parce qu'il lui suffit pour comprendre et pour voir de se référer au code linguistique..." 見 Michael Riffaterre, "Le Poème comme représentation: une lecture de Hugo", *La Production du texte* (Paris: Éditions du Seuil, 1979), pp. 176-79.

這種理論，可以上溯至瑞士語言學家索緒爾（Ferdinand de Saussure）。索緒爾認為，語言符號（signe linguistique）是心理上的實體（entité psychique），由聽覺意象（image acoustique）和概念（concept）組成。文字是聽覺意象的符號。文字所表示的只是概念，而非現實世界的實物。參看 Ferdinand de Saussure, *Cours de linguistique générale*, ed. Rudolf Engler, fascicule 2 (Wiesbaden: Otto Harrassowitz, 1967), pp. 147-52.

⑬ 參看 Northrop Frye, *Anatomy of Criticism: Four Essays*。該書的第三篇論文（"Archetypal Criticism: Theory of Myths"）對春夏秋冬四季的基型意義有詳細的討論。有關這方面的中文論述，可參看黃維樑的《春的悅豫和秋的陰沉——試用佛萊「基型論」觀點析杜甫的〈客至〉與〈登高〉》。見《中國文學縱橫論》（臺北東大圖書股份有限公司，一九八八年八月初版），頁三三一—六七。

傷痕之花

——一九七六年以後中國大陸的文學

一

法國詩人波德萊爾（Pierre Charles Baudelaire）有一本詩集叫 *Les Fleurs du mal*，中文的流行譯名是《惡之華》（說得詳細點，是《邪惡之花》）。在日常的用語中，「邪惡」是貶義詞，「花」是褒義詞；說邪惡開花，是用矛盾語手法。波德萊爾的書名如稍加改動，變成 *Les Fleurs de la blessure*（《傷痕之花》），用來形容一九七六年以後中國大陸的文學，也十分貼切。

一九七六年，毛澤東死，「四人幫」被捕，華國鋒在葉劍英的支撑下成爲黨主席後，一九七七年底到一九七八年底，中國大陸的許多作家響應中共中央的政策，寫了一系列的短篇小說和劇本，批判、揭露「四人幫」的罪行，記述冤、假、錯案的平反，擁護以華國鋒爲首的中共中央，並爲「四個現代化」製造輿論。這些作品，擺脫了「四人幫」所設的許多枷鎖，在某一程度上有了突破。但由於受到新的框框所困，仍有不少局限。

差不多在同一時期，尤其是一九七八年後，另一批新銳的作品紛紛湧現，超越了中共所設的框框，在題材和技巧上不斷發展，到了八十年代末期，升到了一九四九年中共政權成立以來大陸文學從未達到的高度。這些作品，是神州大傷痕開出的絢爛花朵。因此一九七六年以後中國大陸的文學，可以說是波德萊爾《惡之華》的中文版[1]。

二

「四人幫」被捕，華國鋒掌權，自一九七七年底到一九八八年底，爲適應新政治形勢而寫的文學作品，一般叫「傷痕文學」，較流行的英譯爲"literature of the wounded"[2]。「傷痕文學」，因上海復旦大學一年級生盧新華的短篇小說《傷痕》得名。該小說最初發表於一九七八年八月十一日上海的《文匯報》，寫王曉華因媽媽被「四人幫」打成叛徒而引以爲恥，與媽媽斷絕聯繫。到媽媽的冤案獲得昭雪，王曉華趕到她身邊時，她已離開人世。小說的主題十分明顯：藉母女的決裂反映「『四人幫』及其餘黨」所造成的傷痕。

與《傷痕》同一時期發表的，還有不少類似的作品。一九七八年，三聯書店收集了十五篇短篇小說，一個劇本，其中包括盧新華的《傷痕》，並以故事的篇名爲書名，評論家乃稱這類批判「四人幫」、描寫「文革」禍患的作品爲「傷痕文學」。不過這些作品完全爲黨中央服務，只寫「四人幫」所造成的災難，只敢接觸一九四九年以來神州浩劫的一部分，所以只能稱爲「狹義傷痕文學」。

狹義傷痕文學以《傷痕》一書所收錄的作品爲代表；因此細讀該書，這類作品的題材和風格就可以思過半了。

一般說來，《傷痕》一書的題材頗爲狹窄，技巧缺乏變化，語言也欠鮮活，可觀的作品不多。

該書所收集的小說和劇本，都聲討「四人幫」的罪行，例如責「四人幫」禍國殃民（王宗漢的《高潔的青松》）；破壞教育，摧毀了一代人的青春（曹鴻騫的《命運》）；「把……年輕人搞成『文盲與流氓』」（楊文志的《啊，書》）。至於一九七一年就變成了反面人物的林彪，自然也和「四人幫」一樣，成爲衆筆之靶了。

狹義傷痕文學的另一任務，是歌頌以華國鋒爲首的黨中央，描寫華主席如何英明，如何正確，如何受人民愛戴。於是，吳強的《靈魂的搏鬪》積極推銷以華主席爲首的黨中央有關江青爲人的版本，說「江青挨毛主席批評」。在《高潔的青松》裏，血壓高的楊主任堅持要喝酒，因爲「今天晚上的電視節目轉播首都慶祝大會實況，一定能見到華主席。」在《命運》裏，華主席打倒了「四人幫」，改革了大學招生制度，操志強才有「考上……全國重點大學」的好命運。「華主席帶給我們……一次在文化生活上的『解放』，也是『四人幫』的愚民政策的徹底破產」（《啊，書》）。總而言之，在這本短篇小說和戲劇集裏，華主席是眾善之本，「四人幫」和「林賊」是萬惡之源。

華國鋒能够「一舉粉碎『四人幫』」，全靠葉劍英等「老一輩革命家」支持。因此宮廷政變後，不敢矜功，要和汪東興等人大力樹立這些「革命家」的「崇高形象」。華國鋒的這一政策，也反映在《傷痕》一書的作品裏。其中以盧一民的話最具代表性：「幸虧有毛主席和老一代的革命家爲我們開路，使我們投身於革命的洪流。」（陸文夫：《獻身》）短篇小說《高潔的青松》和劇本《於無聲處》則徵引陳毅的詩，拿來做共產黨行事爲人的準則。王亞平的《神聖的使命》寫鄭局長如何敬愛賀龍，提到「周總理在賀龍同志追悼會上沉痛的悼言時，不禁潸然淚下」。

毛澤東死前全面整肅「老一代革命家」，曾發動全國的宣傳機器去樹立呂后和武則天的形象，說女人擔得起半邊天，目的十分清楚，就是要「旗手」江青繼承他的「革命事業」。華國鋒爲了贏得「老一代革命家」的歡心，自然要反其道而行。於是，服從政治使命的狹義傷痕文學，也就沒有別的選擇，要努力歌頌這批「革命家」了。

這個時期，鄧小平雖已復出，而且正在奪權，準備取華國鋒之位而代之。他的不少決策，以「中央領導同志」的名義頒佈，每每與華國鋒的「凡是派」政策相左。但距離底定乾坤、召開三中全會的階段尚有一段時間，因此這本官方欽定的書中，頌鄧的作品不多。劉心武的《醒來吧，弟弟》迴護「走資派」、「復辟派」，間接擁鄧，算是有先見之明的少數派吧？

《傷痕》的作品在一九七七和一九七八年寫成，作家心有餘悸，檢視傷痕時仍然十分謹愼。那時候，「文革」未被否定，未成爲海內外人士爭著聲討咒駡的「那個十年」、「十年浩劫」，仍然是「必要的」，「及時的」。因此，這些傷痕文學作品也只敢公開林彪和「四人幫」所造成的傷痕；「由毛澤東同志親自發動和領導的……重點是整黨內走資本主義道路當權派……先後摧毀了劉少奇、林彪和王洪文、張春橋、江青、姚文元『四人幫』三個資產階級司令部」的「無產階級文化大革命」（一九七八年北京版《現代漢語詞典》），是誰也不敢點名批評的。不但不敢點名批評，而且還要頌揚。請看《命運》：「施萍只讀了個初中一年級就迎來了文化大革命……想響應毛主席號召，復課鬧革命」。再看劉心武的《愛情的位置》：「我們這一代人，幸運的是在童年時代就經受了史無前例的無產階級文化大革命的戰鬪洗禮……在沸騰的革命浪濤中學習游泳、接受著應接不暇的新鮮事的薰陶、在廣闊天地裏磨練……。」在這些作者的筆下，「文化大革命」如果有「偏差」，也是林彪和「四人幫」造成的。在《靈魂的搏鬪》裏，「文化大革命的頭幾年」，丁一飛要「靠邊」，「進牛棚」，「住『隔離室』」……「在肉體上、精神上受到種種折磨」，就是「林彪反黨集團打擊一大片的修正主義路線」所造成的災劫。

檢視林彪和「四人幫」的罪行，是「向後看」的筆法；不過《傷痕》一書也不乏爲「祖國的美麗遠景」、爲「偉大的四個現代化」服務而「向前看」的描寫。

書中較成功的地方，是刻畫人性卑劣的片段。其中以出賣「同志」、出賣朋友一類題材寫得較爲生動。因爲在中共的專政下，人性中卑劣下流的一面發揮得淋漓盡致，實例特多，作者如實報導，就可以寫出頗精彩的作品了。

三

狹義傷痕文學從概念出發，以政治服務爲目的，表現手法一般都受到很大的束縛。許多作品，因爲急於宣傳黨中央的政策，結果政策、主題、概念常常控制了作者，成了作者的桎梏。比如在劉心武的《醒來吧，弟弟》裏，要調動人民積極性的概念就妨礙了藝術表現。曹鴻騫的《命運》寫「四人幫」破壞教育，王亞平的《神聖的使命》宣稱「文化大革命」「是一場共產黨和國民黨激烈鬭爭的繼續」，也是概念加諸作品的做法，讀者看了只覺故事牽強而不覺其感人。

和主題先行、從概念出發等缺點難分難解的，是作者干擾。所謂「作者干擾」，是創作的人未能掌握客觀表現技巧，或因缺乏耐性，急於把作品的題旨、信息傳遞給讀者，於是沉不住氣，自覺或不自覺地走進小說裏，或者跑到舞臺上，向讀者或觀眾傳遞主觀信息。陸文夫的《獻身》寫黃維敏喜歡鑽營，並拿黃維敏和盧一民對比。可惜作者缺乏耐性，急於要讀者接受概念中的形象，不理會小說人物的成長邏輯，親自介入故事，令這個「工作逢迎討好」、把精力集中在美食的反面人物生硬地自剖：「就說這吃飯吧，它也是一種文化，我們的祖先高度地發展了它，在世界上是無與倫比的，我們應該好好地繼承才對。」

在小說或戲劇裏塑造人物，對白的運用極其重要。曹雪芹的《紅樓夢》如果沒有對白，書中的人物就會死亡。不過曹雪芹一類作者不會急功近利，要三言兩語就說明鳳姐的潑辣厲害或寶玉的癡憨可愛；而是抽絲剝繭，讓人物的性格在客觀的戲劇中慢慢呈現。

在同一篇小說裏，作者寫盧一民遭黃維敏批鬪時，也有點沉不住氣：「盧一民看著臺下那許多閃爍的目光，再看看黃維敏那得意非凡、陰陽怪氣的臉，滿腔怒火升起來……」

在下面兩段，連標點符號也免不了作者的干擾了：

《盧一民答應今後不再劃了，他要進一步鍛鍊自己的記憶力，準備長期作戰！

唐琳一陣眩暈……拼命地控制自己，不讓自己跌倒在黃維敏的面前！

作者的立場十分明顯，完全站在盧一民和唐琳的一邊。不過要讀者憎恨黃維敏，同情盧一民和唐琳，是不宜親自舉手，把立場投進標點符號裏的；這樣做只會產生反效果，因爲有水平的讀者都不喜歡讓人牽著鼻子走。作者要達到目的，應該多表現，少評說，讓讀者具體地看到、感到黃維敏「得意非凡，陰陽怪氣」。這種把主題向讀者硬塞的傾向，在王蒙的《最寶貴的》也可以找到。在《愛情的位置》裏，劉心武沒有像陸文夫和王蒙那樣干擾作品，但也因爲缺乏耐性，把重要的情節交馮姨撮述，結果錯過了客觀表現的機會。

在《藝術家的一幅肖像》（*A Portrait of the Artist as a Young Man*）裏，愛爾蘭

小說家喬埃思（James Joyce）借主角斯蒂芬之口指出：藝術家像上帝，一旦創造了人物，就會隱身幕後，若無其事地修指甲。喬埃斯的意思是，作者不應該干擾人物的發展。傑出的小說家和劇作家要表達某一主題，不會說「這個故事告訴我們什麼什麼」，卻先會讓讀者看完作品，然後自己把主題歸納出來③。傑出的小說家或劇作家要揄揚或抹黑一個人，也不會把主觀意念或類型像標簽那樣貼在書中或劇中人物身上；不會在讀者或觀眾面前，指著要塑造的人物說：「這是個好人，那是個壞蛋」；卻會婉轉迂迴、不動聲色地讓讀者看出誰是壞蛋，誰是好人。在小說或戲劇裏塑造人物，是要有耐性的；否則最好寫雜文，寫口號，寫罵人的標語。

在《傷痕》一書裏，人物的言行常常有悖情理，也違反小說和戲劇本身的邏輯。在《神聖的使命裏》，鄭局長叫王公伯落實黨的政策前，先把家安頓一下，王公伯回答說：「不工作，不戰鬥，那才招病哩！」這樣公式的假音對白，缺乏個性，不必讓王公伯說，讓雷鋒式的革命形象角色說也沒有分別。在宗福先的話劇《於無聲處》裏，梅林自知病重，不會久留於人世，竟雄赳赳地先唸陳毅的「豪情壯語」：「南國風煙正十年，此頭須向國門懸。後死諸君多努力，捷報飛來當紙錢」；然後慷慨激昂地說：「共產黨員應當用自己的生命來交黨費。」這類描寫，以「革命浪漫主義」的筆觸美化共產黨員，未脫「文革」時期或「文革」

前假、大、空的俗套，也是先有模子，後鑄對白的失眞產品。

也許受了幾十年社會主義寫實理論的影響吧，《傷痕》一書的許多作者，以至作者所塑造的人物，往往一張口就是黨八股，有時簡直和朗誦《人民日報》特約評論員的文章沒有什麼分別。試看下面兩段：

張老師想到，過幾天，針對尹老師思想方法偏於簡單和急躁的缺點，一定要好好地找他談一談……迫切希望革命事業向前邁進的心情，不能簡單地表現為焦躁和牢騷……對宋寶琦這類小流氓的厭恨，還可以轉化為對祖國的幼苗遭到「四人幫」戕害而生的憐惜和疼愛……總之，要好好地同尹老師談談哲學，談談辯證法，談談現在和未來，談談愛和恨，談談生活和工作，乃至於談談《紅巖》和《牛虻》……（《班主任》）

「唐琳，你可能想起我們的悲歡吧。暫且放下。想想去年的這個時候，國家的興亡，民族的生存都到了最後關頭；先輩們浴血奮戰，這一代人的風霜雨雪，都有可能付之東流！人民要浸在血泊中，歷史要發生大倒退……家庭只是社會的細胞，覆巢之下難有完卵的！」

「以華主席為首的黨中央，一舉粉碎了『四人幫』，把這麼一個光明燦爛，叫中國人民揚眉吐氣，叫你想像不到的大好形勢擺在我們的面前！要說歡樂，要說幸福，這才是人生最大的歡樂，最大的幸福！走過崎嶇的山路，爬過懸崖峭壁之後，才更覺得平坦大道的可貴！想到這些，我總是睡不著，眼淚哽塞著咽喉。我恨不得把自己化作十個人，化作一滴水，去滋潤那無邊的土地……」盧一民控制不住自己，流下了激動與幸福的眼淚。（《獻身》）

一本小說裏，人物說話時的聲音如果全是作者的聲音，已經夠壞了，何況全操《人民日報》特約評論員、北京中央人民廣播電臺播音員的腔調！上述對白，主觀、概念化、說教、濫情等缺點集於一處，在《傷痕》一書裏卻比比皆是，可見書中作者在一九七六年十月之前所受的「四人幫」的影響還未徹底清除。

在《愛情的位置》裏，主角乘電車時，車上空出了好幾個座位也不坐，是矯情的做法，不容易叫讀者信服。當然，我們可以爲作者辯護，說大陸的現實世界就是這麼假：運動來了，人人矯情學雷鋒；運動結束，人性中自私、貪婪的劣根性就以數倍的力量發作，爲矯情時所蒙受的損失尋求補償。

《傷痕》一書的另一弱點，是人物的神情和樣貌，常據同一公式、同一樣板複製。以正面人物爲例，在《神聖的使命》裏，白舜有「長方形的臉，兩道濃眉」；王公伯「微眯的眼裏有一股灼人的光」。在《醒來吧，弟弟》裏，「盧書記兩眼裏閃著钁〔原文如此〕鑠的光芒，似乎他全身的精力都集中到瞳人裏去了」。在《愛情的位置》裏，陸玉春有「寬寬的肩膀，闊闊的額頭，細黑修長的眉毛下，雙眼閃著鑽頭般有力的光芒」。在《於無聲處》裏，歐陽平「兩眼炯炯有神」。作品裏描寫的眼睛、眼神都差不多。不錯，眼睛對人物的刻畫十分重要。孟子就說過：「存乎人者，莫良於眸子。……胸中正，則眸子瞭焉；胸中不正，則眸子眊焉。聽其言也，觀其眸子，人焉廋哉？」（《孟子・離婁上》）巴塔耶（G. Bataille）在《眼睛》（"Eye"）一文裏，也認爲「在動物和人類的身體，沒有什麼比眼睛更富吸引力了」。那麼，描寫人物時把重點放在眼睛上，是無可厚非的。但如果所有人物都像《紅燈記》裏面的浩亮那樣看人，眼睛變成了「革命樣板」眼睛，就失去孟子所謂的功能和巴塔耶所謂的吸引力了。

狹義的傷痕文學裏，即使小節也有「四人幫」留下的傷痕。如果讀者細心統計一下，看看《傷痕》一書的人物所提到的書名有多少，就會發覺，即使在這方面，作品仍給人公式化的感覺。許多角色提來提去的，除了馬、列、毛著作，不外是《牛虻》、《鋼鐵是怎樣煉成的》、《青春之歌》幾本；楊文志的《啊，書》提到《家》、《子夜》、《唐詩選》、《高老頭》、《悲慘世界》，已是個例外了。可見「文革」對文化的斲傷既深且重，竟嚴重到影響了「文革」後的創作。

就文字和技巧而言，《傷痕》一書仍沒有顯著的突破。許多作品都像下面的一段，喜歡採用現成的語言：

抱玉巖前結下的友情漫溢過月牙湖，滋潤著岸邊萋萋青草，綿綿新柳……（《抱玉巖》）

在同一篇作品裏，主角稚鳳所引的「佳篇」《抱玉人的故鄉》，也用了許多陳舊的寫景語，不見得怎麼出色。

在書中，讀者還可以發現不少習用的比喻：

這時，春風送來沁鼻的花香，滿天的星星都在眨眼歡笑，彷彿對張老師那美好的想法給予著肯定與鼓勵……（《班主任》）

他已經決定：要永遠關上自己愛情的心窗，不再對任何人打開。（《傷痕》）

彆扭的句子：

「是他！肯定是他！肯定是他出賣了他的老戰友！也出賣了他的獨養女兒！」橙子終於作出了這樣的判斷，她覺得她的心房有點兒微微的顫抖，但她認為她畢竟是勇敢的！（《靈魂的搏鬪》）

讀者被兩個代名詞弄得眼花撩亂，不容易追踪文意；如果光聽不看，更不知道哪一個是「他」，哪一個是「她」。

儘管如此，由於《傷痕》一書的作品在毛澤東死後寫成，可怕的專政在某一程度上稍微放鬆，進步還是有的。比如孔捷生的《姻緣》，雖然仍不忘反映「四人幫」的罪行，在某一程度上仍爲黨中央的政策服務，但語言鮮活，敍事輕快，和其餘作品比較，算是頗爲出色的小說了。

四

狹義傷痕文學是官方贊成、肯定的文學。不過在中國大陸，獲官方贊成、肯定的文學往往不太足觀。要找一九七六年以後中國大陸文學中的出色作品，得把視線移到廣義傷痕文學（大致上和李怡、璧華所說的新寫實主義文藝作品重疊）的領域裏去。

廣義傷痕文學也寫狹義傷痕文學的題材，但往往寫得更深刻。而更重要的，是廣義傷痕文學包羅了狹義傷痕文學沒有寫、不能寫、不敢寫的種種現象，在藝術的層次上比狹義文學高得多。

廣義傷痕文學開始大量出現的時間，稍遲於狹義傷痕文學，大約是一九七九年春④。狹義傷痕文學完成了黨中央的使命後，廣義的傷痕作家仍不顧官方的壓力，繼續寫下去，把一九七六年以後中國大陸的文學推到一個新水平。

廣義傷痕文學也寫林彪和「四人幫」如何可惡，寫冤、假、錯案如何獲得平反，寫人民如何為「四個現代化」努力。但除了這些題材，廣義傷痕文學還寫「文化大革命」，以至整個中共政權所造成的傷痕。狹義傷痕文學檢視的是局部；廣義傷痕文學檢視的是全部，輕傷、重傷、外傷、內傷全不放過。到了最後，更有否定中共整個制度的趨勢。

這些作品之中，有的也批判「四人幫」，但讀者看了會問：「別的國家沒有『四人幫』，為什麼偏偏中國會有『四人幫』呢？」有的表面也打著「紅旗」，但往往有意無意地「打著紅旗反紅旗」。狹義傷痕變為廣義傷痕，是馬克思所謂的「質變」。狹義傷痕文學，是「永遠緊跟黨中央」的產物：「文革」高潮時可以批判劉、鄧，歌頌毛、林、江；林彪敗亡後，則批判「林賊」、「林禿子」，歌頌毛、江；「四人幫」被「英明領袖華主席」「一舉粉碎」後，又轉而歌頌華國鋒，批判「四人幫」了。廣義傷痕文學，則針對「文革」，針對中共，發展下去，可以動搖中共的根基。也就是這個緣故，廣義傷痕文學發展不久，就遭以鄧小平爲首的中共批判，成爲「反資產階級自由化」、「反精神汚染」運動要打擊的對象。要看狹義傷痕文學的輪廓，光讀三聯書店出版的《傷痕》就差不多了；要看廣義傷痕文學的風貌，得把目光從中共官方出版的書籍移向李怡、璧華、楊零編的《中國新寫實主義文藝作品選》[5]，移向楊揚編的《中國新時期文學作品選》，移向《十月》、《收穫》、《電影創作》、《長安》、《清明》、《雨花》、《海南紀事》、《天津文學》等文學期刊；甚至要參考蘇曉康和王魯湘的《河殤》，瞭解產生傷痕的社會背景、文化背景；翻翻張正隆的《雪白血紅》，看看由中共指揮的「人民解放軍」究竟是一支怎樣的軍隊。如果時間許可，還應該撇開中共編修的「正史」，細讀京夫子的《毛澤東和他的女人們》、江之楓的《王牌出盡的中南海橋局》等作品，認識製造神州大傷痕的「偉大舵手」和「總設計師」的爲人；並且詳閱大陸匿名作家的《黃禍》，預知神州大黑暗在全面崩潰前，醞釀著什麼樣的大危機。

五

在題材上，廣義傷痕文學有時雖然和狹義傷痕文學重疊，但涉及的傷痕比狹義傷痕文學廣得多。而且由於不像狹義傷痕文學那樣緊跟黨中央，是黨中央之所是，非黨中央之所非，運筆比較自由，文學價值也就比狹義傷痕文學高[5]。這種評價，尤其適用於那些遭官方批判的作品。在專制獨裁的政權下，毛澤東的名言——「凡是敵人反對的，我們贊成；凡是敵人贊成的，我們反對」——可以稍加修改，拿來形容文學：「凡是官方反對的，我們讀之；凡是官方贊成的，我們棄之」。這個準則雖非萬試萬靈，但一般說來，出錯率是不會太高的。

廣義傷痕文學所涉及的題材十分廣，其中包括：控訴無產階級專政拆散人倫（如盧彥周的中篇小說《天雲山傳奇》）；寫大小共幹、軍隊頭頭自私、腐敗、可怕（如劉克的中篇小說《飛天》、茹志鵑的短篇小說《草原上的小路》、王靖的電影文學劇本《在社會的檔案裏》、盧彥周的《天雲山傳奇》、徐明旭的中篇小說《調動》、高曉聲的短篇小說《李順大造屋》、葉文福的詩《將軍，不能這樣做》、《將軍，好好洗一洗》、沙葉新、李守成、姚明德的劇本《假如我是眞的》、白樺的電視劇《「向前看」的故事》、劉賓雁的報告文學《人妖之間》）；寫壞制度之下，壞人迫害好人（如古華的電影劇本《芙蓉鎮》和上述的大多數作品）；寫「文革」整人、鬪人，推動人民自相殘殺、扭曲人性（如禮平的中篇小說《晚霞消失的時候》、賈平凹的短篇小說《鬼城》、馮驥才的中篇小說《感謝生活》、古華的《芙蓉鎮》）；寫「反右」運動如何把人打成「右派」（如茹志鵑的短篇小說《草原上的小路》、王蒙的中篇小說《布禮》）；寫知識分子、專業人材如何被中共的美麗謊言欺騙，夢幻如何破滅，生活如何悲慘，對中共如何絕望（如白樺的電影文學劇本《苦戀》、諶容的中篇小說《人到中年》）；寫中共統治下貪污、濫用職權、走後門之風如何普遍，如何根深蒂固（如尤鳳偉的短篇小說《清水衙門》、王蒙的短篇小說《說客盈門》、白樺的電視劇《「向前看」的故事》、徐明旭的中篇小說《調動》）；寫現代神話「大躍進」（如茹志鵑的《剪輯錯了的故事》）；寫瞎指揮、外行領導內行如何給老百姓、給中華民族造成種種災難（如高曉聲的《李順大造屋》、盧彥周的《天雲山傳奇》、張弦的《被愛情遺忘的角落》）；寫「土改」如何影響人民（如雨煤的短篇小說《啊，人》）；寫中共破壞生態（如《天雲山傳奇》）；寫共幹、官僚因循苟且（如蔣子龍的短篇小說《喬廠長上任記》和《喬廠長後傳》）；寫老百姓被魚肉欺騙之苦（如峭石的短篇小說《管飯》、高曉聲的《李順大造屋》）；寫勞改和監獄生活（如張賢亮的《男人的一半是女人》、叢維熙的《走向混沌》、

《冬天的往事——背縴行》）；寫人性被壓迫，愛情被否定（如雨煤的《啊，人》、張弦的《被愛情遺忘的角落》）；諷刺、批評、甚至鞭撻毛澤東（如劉賓雁的報告文學作品《第二種忠誠》、葉文福的詩《落日》、孫靜軒的詩《一個幽靈在中國大地上游蕩》）；寫人民無望、虛無、消極、頹唐（如王培公的劇本《WM（我們）》、高行健的劇本《車站》）……有的更同時左右前後開弓，向中共統治下的多種弊端出擊。譬如《調動》這篇小說，既寫共幹整人，又寫共幹迷信，寫走後門之風，寫人民遭壓迫，為了尋求調動而要出賣靈魂。

這些作品的題材，簡直是洋洋大觀，應有盡有，幾乎把一九四九年以來中國大陸的荒謬政策、悲劇、慘劇、外傷、內傷、小禍、大禍全寫了出來。張愛玲的《赤地之戀》和《秧歌》、陳若曦的《尹縣長》、《老人》、《歸》、耳東等的《敢有歌吟動地哀——文化大革命後中國青年詩文選》、多多等的《反修樓——短篇小說集》❼所建立的傷痕傳統，至此乃得以發揚光大，為中國歷史、為中華民族作證，遠遠超越了盧新華為響應「以華主席為首的黨中央」而製造的格局；叫人讀後，腦裏都冒出《苦戀》裏淩晨光在雪地上劃下的大問號。如此深入、如此大規模地反映可怕的現實，檢視、剖析幾十年的傷痕，怎逃得過當權者的批判呢？

這些作品，當然仍有缺點。比如說，白樺的《苦戀》和盧彥周的《天雲山傳奇》，因為對中共抱有幻想，仍未能避免概念化的傾向。蔣子龍的《喬廠長上任記》和《喬廠長後傳》、白樺的《「向前看」的故事》、諶容的《人到中年》，宣傳中共的「改革」和「四化」時也舉起了頗鮮明的旗幟，結果作品仍有主題先行的弱點。蔣子龍筆下的喬廠長，在面貌、對白、動作的描寫上，仍有「戰天鬪地」的「革命樣板」痕跡。盧彥周的《天雲山傳奇》，甚至頌揚了鄧小平的中共十一屆三中全會。讀者只要聽聽主角宋薇的女兒如何對她說話，就知道無條件爲黨的政策服務，會如何影響作品的藝術表現了：

「是不是有四人幫的餘孽在跟你搗亂？別理他，站在人民的立場上跟他們鬪嘛！」

再看下面一節：

周瑜貞說到這裏，猛地拉開關得嚴嚴的窗帘，一道強烈的陽光射了進來。周瑜貞用手向窗外一指：「你看看，吳遙同志，陽光燦爛，新的歷史已經開始……」

這類文字，都有《人民日報》特約評論員說話的口氣。

另一位作家雨煤，寫地主蕭淑蘭「土改」後「開始了……痛苦而卻是唯一光明的道路」時，也未能擺脫中共的階級理論：

說來也怪，當她從羅家搬了出來，參加生產勞動，跟貧農羣眾接觸之後，就像是一潭死水在洪流沖擊下，流進浩瀚的大河，生活呈現出新的生機。他感到自己如同快死的人，又得到了復蘇。（《啊，人》）

這類描寫，也是先肯定「解放區的天是明朗的天」，肯定貧農羣眾是最崇高的階級，然後才按概念命筆的產品。

有時候，由於作者缺乏耐性，會把應該客觀表現的片段草草撮述，破壞了作品的藝術效果。賈平凹的《鬼城》，結尾時借劉石之口概述吳七的身世，就是一例。劉石的撮述如果用戲劇手法表現，相信會精彩得多。

此外，不少廣義的傷痕文學作品仍需藝術上的加工。也許因爲詩比戲劇和小說更不宜淺露吧，許多傷痕詩的表現手法是未能完全勝任噴薄的內容的。葉文福的《將軍，不能這樣做》、《將軍，好好洗一洗》、《我是飛蛾》、章玉安的《假如他還活著——獻給敬愛的魯迅先生》、楊獻瑤的《別了，終身制》、駱耕野的《不滿》、白樺的《陽光，誰也不能壟斷》、《春潮在望》、《風》、《珍珠》、《船》，都淺露了些，詩中的用字和意象也不夠新穎，有時更有口號的味道。「眞理」、「黑暗」、「光明」……一類詞語，前人用得太多了，早已變成陳腔，詩人如果沒有翻新或起死回生的能力，也不宜隨便搬到紙上。孫靜軒的《一個幽靈在中國大地上游蕩》，橫掃廣闊的時空，善於用重複的句子（「一個幽靈在中國大地上游蕩」）加強沉痛的控訴，是一首氣勢凌厲的詩。美中不足的是，部分段落有口號化的傾向，抽象的概念未能提升爲具體的經驗，遣詞用字有時也略帶陳腔：「古老的舊中國啊，多麼可怕／……這或許是我們不幸的天性／總是這麼天眞這麼善良……／……我們流血流汗，辛辛苦苦，以爲建造社會主義大厦／……不！君權，神權簡直是根深蒂固」。葉文福的《落日》，以諷刺的口吻出之，短小精悍，倒是首難得的好詩：

多少衷心的祝福，
也沒有能留住你。
你在空中太久了，
也該去吻吻大地……

作品巧妙地徵引舉國皆知的比喻（「不落的紅太陽」），借力打力，反其意而用之，鄙夷的口吻奪紙欲出；不過短短四行，就毫不留情地放盡了「紅太陽」這個大氣球的腫脹氣。

六

在廣義的傷痕作品裏，許多作者開始放眼諦視人性，不再墨守馬克思所謂的「階級性」。有的從人道主義出發（如戴厚英的長篇小說《人啊，人！》），寫出的人物生動可信。此外，《啊，人》中的蕭淑蘭和羅順昌、《被愛情遺忘的角落》中的小豹子和荒妹、《男人的一半是女人》中的章永璘和黃香久，有的是地主，有的是一般社員，有的是勞改犯，階級雖然不同，但都有人的情欲，作者也就不理會他們的階級，把焦點移到他們的人性上，結果都描寫得有血有肉。在《管飯》裏，峭石寫陳隊長寫得親切，也因爲他擺脫了「階級性」而寫人性。

茹志鵑的《兒女情》寫代溝，寫田井和兒子的關係，寫她和兒子的女朋友汪稼麗的矛盾，在題材上又開拓了新境。至於禮平的《晚霞消失的時候》，借女主角南珊之口講耶和華，借長老之口說佛，向宗教的領域探索；莫言的《紅高粱》，從當代移向過去，寫抗日的故事；阿城的《棋王》，寫王一生被逼從物質世界遁入精神世界，又在精神世界感到孤獨，悟出所付代價之大，而升向哲學層次；更讓讀者驚覺，毛澤東死後十多年，中國大陸的文學開闢了多寬多廣的世界。這些作品，有的（如莫言的《紅高粱》）不再寫一般所謂的傷痕；有的時實時虛，在虛實間來回（如莫言的《紅高粱》、張賢亮的《男人的一半是女人》、張辛欣的《在同一地平線上》），已非「傷痕」、「寫實」一類形容詞所能概括。

在出色的廣義傷痕作品裏，作者描寫人物時不再黑白二分，而能寫純黑和純白之間的灰色地帶，讀起來比狹義傷痕作品和一九四九到一九七六年的工農兵文學可喜得多。《晚霞消失的時候》把國民黨的降將楚軒吾寫得立體而生動，就是擺脫了人物二分法的結果。在《小說面面觀》（*Aspects of the Novel*）一書裏，福斯特（E. M. Forster）把小說的人物分爲平面（flat）和立體（round）兩型。平面人物猶如漫畫，進了江青的「革命樣板」，更是非白即黑，與現實世界相違；立體人物描寫細膩，介乎黑白之間，一如現實世界的人。在中國大陸，一九四九到一九七六年的小說（如著名的《林海雪原》），塑造的大都是平面人物，筆觸十分粗糙；一九七六年以後出色的小說，則能以細膩的筆觸，塑造立體人物。

廣義傷痕作品的語言和筆觸，一般也較狹義傷痕作品高明。譬如高曉聲的《李順大造屋》，寫淳樸憨直的農民無辜遭共幹欺騙時，能以鮮活的文字、冷靜的筆觸出之，讀者看了，對主角的處境更感同情。中共政權成立之前，大陸有趙樹理爲代表的「山藥蛋」派作家，長於運用樸素曉暢的文字，寫了些可喜的作品。趙樹理的通俗小說《小二黑結婚》，儘管在某一程度上受了毛澤東《在延安文藝座談會上的講話》的束縛，以「反映農村鬪爭生活」❽爲主題，但描寫農民時，還是樸素親切的。可惜後來他像許多作家一樣，也遭到整肅，被毛澤東手下的「四人幫」迫害致死。高曉聲語言樸素，能夠把李順大寫活，也算是補償趙樹理遇害所引起的損失吧？

高曉聲的《李順大造屋》所以成功，除了因爲語言能配合人物，還因爲語調運用得宜：敍事人對李順大同情而不濫情，以欲揚故抑的淡筆，時而加上幽默的語調，和受害者保持一段客觀的距離；時而巧妙地移入主角的思維（西方小說家、理論家叫 "shading into the character's consciousness"），以主角的觀點說話。《傷痕》一書的許多作品所以失敗，是因爲作者太「投入」，以人物之憂爲己憂，以人物之喜爲己喜；甚至先人物之樂而樂，先人物之憂而憂，未能保持客觀的焦距。高曉聲避免了這些毛病，所以成功。

一九七六年之前，也許因爲中共對作家的干擾太厲害，作家唯恐貫徹黨中央的政策不力，乃積極介入作品，干擾作品中的人物。一九七六年後，除了御用文人或狹義傷痕作者要「緊跟黨中央」外，許多作者有了某一程度的自由，也就無須誠惶誠恐，能夠以藝術標準爲依歸，寫人敍事都比以前靈活得多了。

由於這個緣故，在廣義的傷痕文學中，除了《李順大造屋》，敍事精彩的作品還有很多。如要在其中選出一些代表作，劉克的中篇小說《飛天》，肯定會出現在候選名單上。

要討論《飛天》的敍事技巧，得先交代故事的梗概：古蘭鎮西南四十里有一座黃來寺，建於北魏孝文帝太和八年，是國家重點文物保護單位。黃來寺住著一個老和尚、一個小和尚。老和尚姓唐，小和尚叫海離子，都負責寺內的管理工作。有一天，一個漂亮的姑娘要進寺內參觀。當時，由於國家的決定，黃來寺暫停開放，因此海離子不敢讓姑娘進去。後來唐和尚見姑娘苦苦哀求，就讓海離子帶她進殿內參觀。原來姑娘曾答應母親臨死時的請求，一直要到黃來寺燒香，爲母親贖罪。姑娘進了寺內，就痛哭起來，而且越哭越傷心，最後竟昏了過去。兩個和尚把她救醒後，她不肯回家，也不肯說出姓名。海離子見她「走路輕盈，長得纖弱，又極漂亮」，就管她叫飛天。飛天住下來後，在寺裏做些雜務，日久和海離子有了感情，而且準備和他結爲夫婦。一天，軍區的高官謝政委經過，到黃來寺參觀，見飛天無家可歸，就問她有沒有興趣參軍。飛天聽了謝政委的話，十分高興，表示願意參軍。於是和唐和尚、海離子告別，坐了謝政委的車子離開黃來寺。謝政委把飛天帶到軍區，先讓她當自己的保健護士，然後在某一個晚上，把她迷姦了。飛天經過了一段時間的掙扎，後悔莫及，終於逃回了黃來寺。她向海離子交代事情的經過時，把被姦的責任全攬到自己身上，目的是叫海離子忘掉她。之後，她設法撮合海離子和黃來寺售門票的工作人員惠月珠，讓他們結爲夫婦。但海離子始終不能忘情，一直鍾情於飛天。不久，「無產階級文化大革命」爆發，「造反大軍」衝進了黃來寺，把唐和尙打成「國民黨特務」，把海離子打成「道德敗壞的黑畫家」，把飛天打成「荒淫無恥的壞女人」。在檢舉揭發批判大會上，惠月珠「揭發」批判了摯友飛天和丈夫海離子，並和海離子離婚，嫁了「造反派」頭頭。接著，黃來寺被毀，唐和尙被打死，海離子被造反派從「牛棚」裏趕出來裝上汽車。飛天在後面追趕汽車時，跌得滿臉是血，幸虧一個解放軍戰士把她扶起。最後一節，寫謝政委獲林彪、江青委任爲省革命委員會負責人……上海的人行道上，一個衣衫襤褸的瘋女子一邊走，一邊喊著「海離子，海離子……」一羣小孩在後面向她扔石頭，吐唾沫。就在這時候，一輛天藍色的轎車開來，裏面坐著謝政委，身邊偎依著一個嬌豔的姑娘……

《飛天》的震撼力極大，不僅《傷痕》、《班主任》、《獻身》、《於無聲處》等狹義傷痕作品無從比擬；即使在芸芸的廣義傷痕作品中，能達到相同水準的也不多。

《飛天》之所以有巨大的震撼力，不僅因爲故事的情節動人、人物的描寫逼眞，還因爲作者的筆觸冷凝，敍述一齣驚心動魄的人間悲劇時，能像黃來寺的神佛那樣顧眄蒼生。其客觀「無情」的語調，使人想起印度長詩《摩訶婆羅多》的敍事人和希臘神話中兼具陰陽二性的泰里西阿斯。敍事人提到謝政委利用特權姦污天眞純潔的少女、毀掉她的一生時，雖帶點諷刺，卻不說一句直接聲討的話；反而不失客觀——甚至「原諒」——的口吻，彷彿謝政委不再是個可惡的軍頭，而只是個受凡軀局限的男人，被色欲征服的蒼生。光從下面的一些片段，我們就可以窺見作者敍事本領的一斑：

純潔、天眞的飛天自然不知道謝政委在愛她（確切地說，是要佔有她），即使知道她也無法理解，因爲他是受人尊敬的首長啊，何況有妻子，有兒女，年齡比她大出三十歲；特別又還有個海離子，這怎麼可能呢？

……

可別飛天呀，還是人間好！

自然，飛天是飛不出去的。

事情就這麼發生了。

這是描寫飛天被姦污前的幾句。在高潮即將來臨的時刻，作者的筆觸還可以這麼冷凝，可見其功力深厚。

再看故事的結尾：

> 一輛天藍色的轎車開來，車內坐著謝政委……在他身邊又偎依著一個很嬌豔的姑娘。姑娘指著車窗外說：「看，瘋子！」謝政委瞥了瘋子一眼，沒有喊停車，對司機說：「直開工人療養院！」
>
> 在這以後，人們在大街上再也沒有看到飛天了。他是被送進了精神病院？是找到了海離子？或者，已經不在人世了？不得而知。
>
> 但我們在壁畫上，仍然能看到飛天。這就是那種憑藉飄拂的長帶凌空起舞，美女般的提婆神。藝術匠師們憑藉豐富的想像，讓它以動人的藝術魅力，在天宇中自由翱翔。

作者是否看過喬埃斯的《年輕藝術家的一幅肖像》呢？答案也像飛天的下落一樣，「不得而知」；但他敍述《飛天》時，已經是躲在幕後、「無情」地修指甲了。由於作者「無情」，作品反而有情，讀者反而動情，覺得作品纏綿淒豔。

在其他成功的小說裏（如《在社會的檔案裏》、《男人的一半是女人》、《棋王》），敍事人也同樣不動情。有時候，敍事人會以冷嘲熱諷、玩世不恭的語調說故事，給作品創造客觀焦距。《說客盈門》、《男人的一半是女人》所用的就是這種手法。光就敍事技巧而言，無論是劉克、王靖，還是張賢亮、阿城，都比一九七六年以前的作者成熟老辣得多了。

在《紅高粱》裏，莫言更試驗了傳統小說家不常用的敍事觀點，創造了獨特的效果。受過西方小說理論訓練的批評家或讀者，都知道敍事觀點如何重要。珀西・盧伯克（Percy Lubbock）的《小說技巧》（*The Craft of Fiction*）和一些受該書影響的中文理論，對小說的敍事觀點都有詳細的介紹。盧伯克說，小說家可以成爲旁觀者，以客觀或主觀的態度描寫書中人物；可以利用全知（omniscient）觀點描寫書中人物的內心世界；也可以成爲書中人物之一，假設自己不知道其餘人物的心理、動機。此外，他們還可以採用介乎這些觀點的觀點。不過有一個規則，他們必須遵守，那就是避免自相矛盾，時而用全知觀點，時而用偏知觀點。

這一理論，是初讀小說、初寫小說的重要準則。不過重要準則並不是絕對準則，必要時作者是可以延緩遵守，採取權宜之法的。小說家兼小說理論家福斯特就曾經指出這點：狄更斯的《荒屋》（*Bleak House*）、紀德（André Gide）的《僞幣製造者》（*Les Faux*

Monnayeurs）、托爾斯泰的《戰爭與和平》，在這方面都視作品的需要而靈活變通；時而用甲種觀點，時而用乙種觀點，各種敘事觀點交替使用；雖然違反了盧伯克的信條，卻創造了獨特的藝術效果⑨。福斯特比盧伯克圓通，大概因爲他既是敏銳的理論家，也是出色的小說家，能夠現身說法，講小說創作的一手經驗吧？

在《紅高粱》裏，敘事人是個小孩，敘述的是抗日故事。作品的主要人物是敘事人的父親豆官、奶奶、爺爺（余占鰲）。根據經典式的敘事觀點理論，敘事人既然是小說中的人物之一，而不是全知的上帝，其他人物的動機、想法，他應該無從得知。可是在《紅高粱》裏，敘事人卻時而偏知，時而全知，違反了經典式敘事觀點的鐵律。不過這種手法，在故事裏看似矛盾，實際上卻配合了時空的顛倒，給讀者展示更廣闊、更立體的經驗世界。

「立體」一詞，最能形容《紅高粱》的敘事手法和美術中立體派技巧相似之處。據薛鋒和王學林的《簡明美術詞典》，「美術中的立體派把體和面作爲自己表現的重點，而且要求表現物象時不受時間、空間限制。主張構圖以球體、錐體、圓球體爲基礎，把自然形體分解爲幾何切面，使它們互相重疊，或者在畫面上同時出現無數的面，以此在平面上顯示出長度、寬度、高度與深度，乃至客體內在的、視力看不到的結構。」⑩莫言在小說裏所用的，可以說是立體主義的敘事觀點，能讓讀者看到「客體內在的、視力看不到的結構」，就像畢加索畫人物時，在同一平面上同時表現面孔的前後左右一樣。

廣義的傷痕作品，在心理的描寫上也要比狹義的傷痕作品細膩。茹志鵑的《草原上的小路》寫小苔照鏡時的心境，張辛欣的《在同一地平線上》、王蒙的《布禮》、張抗抗的《北極光》、張賢亮的《男人的一半是女人》，用倒敘或意識流手法捕捉人物的內心世界，都有出色的表現。

在《同一地平線上》這篇小說裏，敍事人一會是男主角，一會是女主角。這種雙焦點交疊進行的心理探索，在大陸的文學中是新穎的嘗試。在《男人的一半是女人》裏，作者讓馬克思的幽靈說話，意識流的手法用得頗爲大膽。這種技巧移植自西方，上承普魯斯特（Marcel Proust）的《往事追憶錄》（*À la recherche du temps perdu*）、多蘿西・理查森（Dorothy Richardson）的《朝聖》（*Pilgrimage*）、喬埃斯的《尤利西斯》（*Ulysses*）、維姬妮亞・吳爾芙（Virginia Woolf）的《達拉維太太》（*Mrs. Dalloway*）、福克納（William Faulkner）的《喧呶與狂怒》（*The Sound and the Fury*）。在《尤利西斯》裏，喬埃斯令坦尼森（Lord Tennyson）、扇子、帽子、留聲機說話，所用的就是這種技巧。意識流手法可以助作者顚倒時空次序，在心理空間靈活推移，描寫人物的內心世界時可以發揮很大的作用。《在同一地平線上》、《男人的一半是女人》、《北極光》運用意識流手法時，雖然未達爐火純青的境界，但在探索人物內心世界的過程中，已表現得頗爲出色。人物的內心世界，有時也可以靠客觀景物反映。在《飛天》裏，女主角把被姦的經過告訴海離子後，作者沒有直接寫海離子的心情，只說「〔海離子〕靠到樹根上，擡頭仰望天空，月亮寒光四射，深邃的銀河沉重地旋轉，旋轉……」，海離子的沉痛就不言而喻了。海離子與惠月珠結婚之夜，飛天溜出喧鬧的新房，走上山坡，回憶五年前初識海離子的情景時，作者也沒有直接描寫主角的感受，只以新房的熱鬧和山坡的景色對比：

……五年前，她十八歲，第一次走進了這個殿，燒香，點蠟燭，是海離子把她抱下了山。五年後的結果，似乎完全不應當這樣的。可又確實是這樣的。山下的新房裏隱約傳來喧鬧聲，是的，他結婚了。

飛天托著臉，坐在門檻上，忽濃忽淡的寒霧在飄，飄。朦朧的月色顯得有些悲涼；但霧，是輕鬆的，無聲無息地沿著山坡流動。要這樣永遠流動才好啊，讓那些黃色的褐色的石頭淹沒在霧氣裏……

結束了，全部結束了。

新房裏的喧鬧聲仍在繼續。

祝他們永遠幸福！

在外景的襯托下，飛天的心情客觀地呈現了出來。

和《飛天》同樣動人的電影文學劇本《在社會的檔案裏》，寫李麗芳在月夜的海灘上，噙著淚爲自己心愛的人王海南翩翩起舞的一幕，寫得像《飛天》那樣淒豔，也因爲作者善於營造氣氛，使情景交融，深深地打動了讀者（觀眾）。

出色的廣義傷痕文學作者，對具體的景物和感官效果都十分重視。這一特點，在電影或電視劇本裏尤其明顯。王靖的《在社會的檔案裏》是一例，白樺的《苦戀》又是一例。前者的動人處能與《飛天》相埒，就有賴於準確的感官描寫。後者偶爾有主題先行的傾向，象徵手法（如雁羣的重複出現）也有斧鑿的痕跡，但視覺和聽覺等感官效果十分鮮明，不愧是一篇爲電影而寫的作品。

在結構上，廣義的傷痕作品也有突破。《飛天》和《晚霞消失的時候》所敍的故事，縱貫的時空頗廣，結構卻有條不紊，層層相接，自始至終都控制著讀者的心理，作者的鎔裁能力是顯而易見的。

即使結尾，上述作品也常有可喜的表現。張辛欣的《在同一地平線上》寫一對夫婦離婚前的故事。故事即將結束時，兩個人的關係有了新發展，夫妻要一刀兩斷的決心漸漸轉弱。結尾時，夫妻在飯店裏吃點東西，等辦事員回來簽離婚書。妻子舉杯對丈夫說：「祝你下次碰上一個溫順的妻子。」丈夫也舉杯對妻子說：「願你能遇上個會體貼你的丈夫！」

這段對白，可以有兩種解釋。第一種解釋是：夫妻的感情無可挽救，故事以離婚結束。第二種解釋是：兩個人重新認識了對方，改造了自己，開始彼此關懷，成了對方的好配偶：女的比以前溫順，男的比以前體貼。但究竟哪一種解釋才對呢？作者沒有說明，結尾時只借男女主角的話這樣交代：

不知怎麼的，我很想伸過手去，把手指插到那亂蓬蓬的頭髮裏，慢慢地把它們梳攏順……。

——我放下酒杯。我突然想對她說：「嘿！咱們一塊到……」

菜端上來了。

張賢亮的《男人的一半是女人》，寫章永璘去意已決，要和黃香久離婚，得到領導的批准，離婚書也簽了。章永璘把離婚書拿回家裏給黃香久看。黃香久「兩根手指刷的一下把紙拈起來，一摺，撕成兩半。」然後哭著罵章永璘。兩個人談善後手續時，張永璘叫黃香久找個比他合適的丈夫。黃香久「擦乾臉上的眼淚，紅紅的小鼻頭翕動著，睫毛上還沾著扇子般的淚水，像湖塘上蒙著的一片濕霧，令人心醉」……說「命裏不該有好男人……」然後是下面一段：

說完，她擰過身來，把富有彈性的乳房緊貼在我的胸口上，用一種彷彿準備決鬪的火辣辣的語氣說：

「上炕吧！今天晚上我要讓你玩個夠！玩得你一輩子也忘不掉我！」

接著是幾段用象徵和意識流手法寫性愛、寫敍事人心理活動的文字。下面幾句，把「……令人心醉」一語在讀者心中引起的復合之望壓了下去：

啊！世上最可愛的是女人！

但是還有比女人更重要的！

女人永遠得不到她所創造的男人！

……

至於到了結尾，二人是離婚還是復合呢？作者也沒有明言。日後的學者，大可以就這個問題展開大辯論。

同樣，《棋王》的結尾也是虛實相生，讓讀者自己尋味，對結局沒有提供一成不變的答案。

在*S/Z*一書裏，法國結構主義批評家霍朗・巴爾特（Roland Barthes），把作品分爲耐讀（scriptible）和可讀（lisible）兩型[11]。耐讀的作品（如某些現代主義和後現代主義的作品）沒有一成不變的題旨，卻會向讀者挑戰，要讀者參與，介入，在零碎的片段中找尋線索，撰寫自己的題旨。可讀的作品無需讀者介入，往往有現成的意義供讀者被動地隨時享用。讀者只需倚靠機械而固定的反應就可以明瞭這類作品了。在巴爾特的心目中，現代主義的作品通常耐讀，現實主義的作品則不過是可讀而已。

在《讀書樂》（*Le Plaisir du texte*）裏，巴爾特又把作品給讀者的感覺分爲兩種：樂趣（plaisir）與享受（jouissance）。樂趣是公式感覺，簡單而舒服，叫讀者放心，符合讀者的習性和期望；享受與公式或慣性的樂趣不同，含有性享受的味道，能給讀者挑戰，把他從慣性的反應解放出來。在這本書的字裏行間，巴爾特似乎認爲，可讀型作品只能給人樂趣，耐讀型作品才能給人享受。

上述張辛欣、張賢亮、阿城的小說，結尾開而不閉，放而不收，在某一程度上符合了巴爾特的「耐讀」、「享受」等標準，可以成爲結構主義評論家的金礦，與一九七六年之前的中共文學大有分別。中共一九四九到一九七六年的樣板作品，往往一開卷就可以預測故事的結尾：敵人被殲滅了，黑暗消散了，太陽從東方升起來了，英勇果敢的主角昂首挺胸，迎著紅彤彤的朝霞，懷著無比的革命豪情，沿著金光大道大踏步前進……。讀了這類樣板，再看張辛欣等人的小說，我們就可以知道，中共的緊箍咒稍停，文學界的孫悟空會有什麼樣的變化。

文學在某方面有所創新，通常也會見諸文字和意象。上述作品的語言，比狹義傷痕文學或一九七六年之前的作品要大膽得多，新穎得多。而下面的比喻，在香港、臺灣、海外的文學作品裏雖然不算得太特別，在中國大陸出現，卻叫人覺得，作家的想像已經比過去活潑：

> 思緒就像這窗外的雪片，綿綿不斷，手上的照片，卻又像一團火炭，從手上一直燃燒到心裏。（《天雲山傳奇》）

張抗抗的《北極光》和金志國的《夢，遺落在草原上》，能以敏銳的觸覺配上準確的文字，捕捉東北的雪景和草原的風景，也是想像掙脫政治束縛後的可喜表現。

在《紅高粱》裏，莫言的表現更加出色。就文字的驅遣、意象的經營、景物的描寫而言，他已經與張愛玲、白先勇等出色的現代小說家呼應了。莫言的文字、意象、技巧能夠在極權國度出現，不但可喜，而且具有頗重要的革命意義——革「革命樣板」的命。先看他的用字和意象：

……陽光茂盛。

……奶奶鮮嫩茂盛。

……騾子還在撅著屁股打蹄，蹄鐵像殘月一樣閃爍。

他聽到了死的聲音，嗅到了死的氣息，看到了死神的高粱般深紅的嘴唇和玉米般金黃的笑臉。

這類形容和描寫都奇警新鮮，在「革命樣板」裏是找不到的。

莫言在文字和語言上的突破還不止此。有時候，他會運用誇張、變形、扭曲的手法，以強烈的色彩對比，以反邏輯、反現實、與客觀世界大相逕庭的主觀描寫，把讀者從公式的感覺世界震駭出來，讓他從獨特的新角度去感知新經驗：

……父親湊上前去，看清了王文義奇形怪狀的臉。他的腮上，有一股深藍色的東西在流動。父親伸手摸去，觸了一手粘膩發燙的液體。父親聞到了跟墨水河淤泥差不多、但比墨水河淤泥要新鮮得多的腥氣。它壓倒了薄荷的幽香，壓倒了高粱的甘苦……有時候，萬物都會吐出人血的味道。

……父親眼見我奶奶胸膛上的衣服啪啪裂開兩個洞。奶奶歡快地叫了一聲，就一頭栽倒，扁擔落地，壓在她的背上。兩笆斗拤餅，一笆斗滾到堤南，一笆斗滾到堤北。那些雪白的大餅，蔥綠的大蔥，揉碎的鷄蛋，散在綠草茵茵的草坡上。奶奶倒地後，王文義妻子那顆長方形的頭顱上，迸出了紅黃相間的液體，濺得好遠好遠，濺到了堤下的高粱上。

這兩段文字，以變形手法寫書中人物中彈的情景（流出的血是深藍的，頭顱迸出「紅黃相間的液體」，王文義的臉奇形怪狀，王文義妻子的頭顱是長方形的……），強烈地扭曲現實，對照色彩，野獸主義、超現實主義的技巧都用到了。「我奶奶胸膛上的衣服啪啪裂開兩個洞」，「紅黃相間的液體，濺得好遠好遠，濺到了堤下的高粱上」，更以夢魘般的慢動作，像電影《雌雄大盜》（*Bonnie and Clyde*）中的男女主角被警方射殺時的慢鏡頭，給讀者深刻難忘的印象。鮮明、細膩、奇警、突出的感官描寫（包括視覺、嗅覺、觸覺、聽覺、味覺描寫），也強烈地撞擊讀者。即使客觀世界中最普遍的感覺和經驗，也扭曲變形：「腥氣」是「新鮮」的，而且「壓倒了薄荷的幽香，壓倒了高粱的甘苦」（在這一段之前，敍事人說「芳香的硝煙」，也是用同一手法）；奶奶中了彈，「胸膛上的衣服啪啪裂開兩個洞」，卻仍然「歡快」。

這類描寫，和羅漢大爺用鐵鍬鏟黑騾、孫五在日軍的逼迫下淩遲羅漢大爺的片段一樣，十分殘忍，已到了虐待狂的地步。這樣的小說如果在毛澤東時期給中宣部發現，作者即使不坐牢，也必定遭到批判。因爲上述描寫，「不健康」的程度不但會嚇壞奉《在延安文藝座談會上的講話》爲聖旨的黨官，也會嚇壞傳統的批評家。不過，從不受極權控制的藝術觀點看，作者要強烈震撼讀者、引導讀者從新角度看世界的目的已經達到。

莫言的《紅高粱》和阿城的《棋王》一類作品，敍事技巧和人物、景物的描寫都十分現代；不論是「狹義傷痕」、「廣義傷痕」、「寫實」、「新寫實」或其他主義，都不能準確地概括其題材和風格了。比如說，上文曾經指出，《紅高粱》用了立體主義、野獸主義的技巧，但就那些近乎歌頌恐怖鏡頭、以恐怖鏡頭爲樂的描寫而言，作品又有未來主義的色彩了⑫。

上述作品，受西方現代藝術各流派的影響至爲明顯。不過這種影響不限於小說，也見諸戲劇。沙葉新等人的《假如我是眞的》，上承艾略特的《大教堂謀殺案》和布萊希特多個劇本的手法，腳註第三條已經提過。此外，高行健的《車站》寫人羣在車站候車，賦候車過程以象徵意義，也師承荒誕劇作家塞繆爾・貝克特（Samuel Beckett）的《等待戈多》（*En attendant Godot*）。貝克特的作品，以中共「健康寫實」的標準衡量，是「沒落資產階級的玩意」，其「徒子徒孫」如果出現在毛澤東死前的中國大陸，是不可思議的。

上面提到的「西方影響」，是個中性說法，不含褒貶。西方文學，如能善加吸收，可以成爲資產；不善吸收，則只會成爲作家的包袱。在一九七六年以後中國大陸的優秀作品中，讀者可以發覺，許多作者是善於吸收西方文學之長，把西方影響化爲優點的。

七

毛澤東死後不過十多年，中國大陸的文學就有這麼可喜的進展，實在叫人鼓舞。我們不應該忘記，這些進展，是在極權盤踞了數十年的丘墟裏出現的。可見中華民族有堅強的韌性和巨大的潛力。在未來的日子裏，如果民主早日降臨神州大地，作家有充分的創作自由，不再受極權控制，假以時日，今天從可怕的傷痕中長出來的奇葩，一定會結出纍纍的仙果。

一九九一年六月二日於多倫多

註釋

❶ 自毛澤東死，「四人幫」被捕，中國大陸出現過各種各樣的作品。「緊跟黨中央」的文人所寫的，文學價值不高，不在本文討論的範圍。其餘的作品，本文討論時以小說、戲劇（包括話劇和電影劇本）、詩歌爲主。至於散文，突破不算太大，成就比不上其他三種體裁，加上篇幅有限，在此只好從略。詩歌方面，表現最出色的要數年輕的一輩詩人。這批年輕詩人，拙文《火劫後的新綠——「文革」以後中國大陸的新詩》已有頗詳細的討論，在此也不再重複了。此外，由於一九七六年以後，中國大陸優秀的文學作品實在太多了，不少佳篇，只能點到即止，甚至未點

即止。

本文所討論的廣義傷痕文學，李怡、璧華等評論家稱為「新寫實主義文藝作品」。新寫實主義和中共所謂的「社會主義現實主義」有別，概括了上述文藝作品反映大陸新現實這一重要特色。有關這種劃分方法，請參看李怡的《中國新寫實主義的興起》一文。見李怡、璧華編的《中國新寫實主義文藝作品選（續編）》（香港七十年代雜誌社，一九八〇年九月初版），頁三—四〇。璧華的《中國新寫實主義文藝論稿》（香港當代文學研究社，一九八四年四月初版），對這類作品也有詳細的討論。

本文為了標出一九七六年以後許多小說、戲劇、詩歌的共同特點，仍沿用一九七八年就開始流行的「傷痕文學」一詞。當然，嚴格說來，傷痕文學（不論是狹義還是廣義）就像「浩劫（Holocaust）文學」一樣，適用的範圍有限，只是文學史上一時的現象罷了。因為即使傷痕文學本身，發展到後來，也超出了傷痕範疇。此外，拿「傷痕」一詞來形容「文革」時期或「文革」以前的災難，是不太準確的。過去四十多年，中華民族在無數次殘酷的整人運動和鬪爭中遭受的苦難、流濺的鮮血、喪失的生命，「傷痕」這個軟弱的詞語怎麼承載得下？

❷ 見 Lu Xinhua et al., *The Wounded: New Stories of the Cultural Revolution 77–78*, Trans. Geremie Barmé and Bennett Lee, (Hong Kong: Joint Publishing Co., 1979), p. 3.

❸ 在西方現代文學中，為了擺脫俗套（defamiliarize），作家有時也會違反這一常規。俄國形式主義（Russian Formalism）理論家維克托・什克洛夫斯基（Viktor Shklovsky），一九一七年發表了《藝術技巧》，提出「陌生化」（ostranenie）一詞；德國劇作家布萊希特（Bertolt Brecht），

在史詩劇場理論中提倡「疏離效果」（Verfremdungseffekt，英譯 alienation effect）；都影響了文學的表現手法。劇作家爲了創造陌生或疏離效果，打破眞實的幻覺，強調創作之爲創作，有時也會直接「干擾」作品的。布萊希特的《三便士歌劇》和《四川善女》就是兩齣有名的史詩劇，和史詩劇場的理論吻合。艾略特的《大教堂謀殺案》（*Murder in the Cathedral*）也採用了類似的手法，劇終時讓演員走出臺前，和觀眾討論戲劇的主題。不過這種「干擾」能創造藝術效果，和《傷痕》一書中的作者干擾不同。

❹ 參看李怡的《中國新寫實主義的興起》。

❺ 見李怡編，《中國新寫實主義文藝作品選》（香港七十年代雜誌社，一九八〇年九月）；李怡、璧華編，《中國新寫實主義文藝作品選（續編）》（香港七十年代雜誌社，一九八〇年九月）；璧華、楊零編，《中國新寫實主義文藝作品選（三編）》（香港天地圖書有限公司，一九八二年五月）；璧華、楊零編，《中國新寫實主義文藝作品選（四編）》（香港當代文學研究社，一九八三年十二月）；璧華、楊零編，《中國新寫實主義文藝作品選（五編）》（香港當代文學研究社，一九八五年十月）。本文討論的許多作品，都收錄在這幾本選集裏。

❻ 有些作者，如劉心武和王蒙，由於黨的政策轉變，也會擺脫狹義傷痕的束縛，進入廣義傷痕的天地，寫出可喜的佳篇。比如說，劉心武的《立體交叉橋》，就遠遠勝過了他的《班主任》、《醒來吧，弟弟》、《愛情的位置》；王蒙的《說客盈門》、《悠悠寸草心》、《布禮》，以藝術標準衡量，也比他的《最寶貴的》成功。可見這兩位與黨中央有密切關係的作家，一旦接受「精神污染」，走起「資產階級自由化」的路線來，也會有完全不同的表現。

❼ 《反修樓——短篇小說集》（香港北斗出版社，一九七九年七月初版）是大陸來港的青年作家所

寫，對「文革」有深入的刻畫。譬如多多的《反修樓——獻給我的亡友》，寫軍方介入兩派的廝殺時寫得驚心動魄，就是個突出的例子。不過《反修樓》一書在香港出版，嚴格說來，不是大陸的廣義傷痕作品，所以不在本文的討論範圍之內。陳若曦的《尹縣長》、《老人》、《歸》，出自臺灣返大陸、再從大陸出來的小說家之筆，也應該另樹一幟，不應列入大陸文學的範疇。

⑧ 見《堅持文藝民族化大眾化的楷模——記楊獻珍同志談著名作家趙樹理》，《趙樹理曲藝文選》（北京中國曲藝出版社，一九八三年十二月），頁七。

⑨ 見 E. M. Forster, *Aspects of the Novel* (Harmondsworth: Penguin Books, 1962), pp. 85-89.

⑩ 薛鋒、王學林編，《簡明美術詞典》（哈爾濱黑龍江人民出版社，一九八二年八月第一版），頁三五〇。

⑪ "Scriptible" 的常見英譯是 "writerly"，中文直譯是「可寫的」；"lisible" 的常見英譯是 "readerly"。

⑫ 未來派「歌頌造成世界混亂和破壞的各種戰爭，讚美一切恐怖、冒險、殺人……的行爲」。見《簡明美術詞典》，頁三五〇。《紅高粱》沒有「歌頌……戰爭」，也沒有「讚美一切恐怖、冒險、殺人……的行爲」；但從廣義的角度看，作品中對恐怖、殺人行爲的詳細描寫，顯然有未來派的色彩。

從一元化到多元化

——中國大陸文學的發展趨勢

九十年代，關心中國大陸文學的人，看得出一個可喜的趨勢：文學創作開始從一元化走向多元化。

一九四九年之前，中國大陸一向是中文文學的中原；出色的作家幾乎都在中國大陸。一九四九年後，中文文學的形勢突變：不少中國作家到了香港、臺灣，以至海外各地。留在大陸的一批，紛紛停筆；即使繼續寫作，也得在政治一元化的領導下走一元化的文藝路線，鮮能寫出優秀的作品。於是，在中文文學的領域裏，大陸不再是無可爭議的中原。

無論是政治還是文學，一元化都是有害無益的。政治一元化，會窒息國家的生產力；文學一元化，則會扼殺作家的創作力。自一九四九年到七十年代「傷痕文學」出現之前，中國大陸的文學，無論是詩歌、小說、散文還是戲劇，走的都是一元化路線。在這個時期，尤其是一九六六年到一九七六年，文學完全是政治的附庸，九百六十萬平方公里的大地，只剩下一個調子。

不過藉政治力量冒升的作品，必定會因政治形勢的轉變而沒落、消失。當年某些作家按一元化文藝路線所寫的作品，今天已沒有太多的讀者；大都要在圖書館的書架上捱寂寞；只偶爾靠剩餘的歷史價值，成爲少數學者的研究對象。

「傷痕文學」湧現的年代，是大陸文學的過渡期。「傷痕文學」出現之前，文藝界有許多禁忌。某些雷池，作家是絕對不可以踰越的；稍微踰越，就會遭到雷轟電殛。「傷痕文學」時期，一些禁區稍微開放了；於是作家有了較廣的寫作空間，中國文學有了一點點的進步。不過「傷痕文學」畢竟是官方指引下的產物，目的是配合當時的政治形勢，所以仍然主題先行，有各種各樣的局限。

「傷痕文學」中的「傷痕」，嚴格說來，只是小傷痕；而且是由官方批准、由某些作家遵照官方的暗示或明示去暴露的小傷痕。可是到了後來，作家暴露的傷痕越來越多，越來越大，《飛天》、《在社會的檔案裏》一類優秀作品紛紛湧現，「小傷痕文學」乃演變爲「大傷痕文學」。這類作品，璧華等評論家稱爲「新寫實主義文學」。新寫實主義文學不符合官方一元化的文藝政策，很快就遭到壓制。不過從這個時期開始，雖然官方仍希望一元到底，但作家已不像過去那麼聽話，開始或明或暗地設法擺脫黨的一元化文藝路線，而且取得頗可觀的成績。從這個時期開始，儘管作家仍要面對種種阻力，但嚴格說來，大陸的中文文學，已走上多元化的道路。

在文學一元化的時代，我們經常讀到下面一類消息：中國作家協會，組織作家到大寨一類模範地區去深入羣眾，進行集體創作。一九七六年以後，報章不再有作家去陳永貴故鄉的消息了。代之而起的，是下面一類新聞：某月某日，中國作家協會組織作家到北戴河去集體創作。最近幾年，連這類新聞也見不到了。由官方組織的「集體創作」活動減少，表示一元化的文藝路線開始式微，是文學界的大喜訊。

就作家的待遇而言，由山西昔陽縣的大寨到河北的北戴河，無疑是一大進步。如果到大寨是臭老九的待遇，那麼，到北戴河應該是香老三——甚至是香老大——的待遇了。從物質的觀點看，到北戴河去創作，的確是香老大的待遇。不是嗎？從陳永貴的故鄉一跳跳到了毛主席的避暑勝地，簡直是魚躍龍門嘛！試問當今世界，民主國家的寫作人之中，除了史蒂芬・金(Stephen King)一類少數例外，誰有資格享受類似的避暑生活呢？一向遭到冷遇、殘遇、酷遇的作家，居然獲這樣的殊遇，不是進步是什麼？

從物質的觀點看，的確是進步；從創作的觀點看呢，進步就不是那麼大了。因爲在黨的一元化領導下，作家所走的道路，無論是通向大寨還是大慶，通向北戴河還是南戴河，畢竟仍是一元化的文學道路。一元化的文學道路，即使沿途鋪滿了金磚、銀磚，仍不會有什麼前途的。

除了個別的例外，創作是世界上最個人的活動。也許正是這個緣故吧，我們才會聽到某某作家坐馬桶時得到靈感，卻絕少聽到哪一位作家在麻將檯旁或卡拉OK裏構思出什麼不朽的巨著。毛澤東說過：「搞革命不是請客吃飯。」文學創作像毛澤東的革命一樣，也不是「請客吃飯」，更不是虛應故事的大聯歡或集體旅行。就創作而言，除了酒逢知己、心靈互勵的聚會，絕大多數的應酬都是害多益少的。無謂的應酬，只會剝奪作家看書、觀照、沉思、自省、寫作的時間。創作，是作家握著一管筆，面對一張紙、一盞檯燈的活動（當然，今日有不少作家還需要一部個人電腦）。除此之外，其他一切活動，都屬次要，甚至毫不重要。古今中外，好像還沒有一個作家，可以不靠創作，光靠搖著雞尾酒杯湊熱鬧就把自己搖進不朽的。作家不創作，不管他在別的領域裏如何活躍，如何積極，都不成其為作家。我們甚至可以說，作家出產佳作的能力，往往與他的應酬量成反比。

作家這頭動物，又像《莊子》裏面的牛馬，最怕穿鼻絡首，被人組織起來，聽各種各樣的「創作指示」。把作家組織起來，然後給他們指示，無論出於什麼樣的善意，都是幫作家倒忙。我這樣說，不是反對作家去北戴河；作家到世界上最豪華的場所，都無傷大雅；不但無傷大雅，有時候甚至可以獲得極大的好處。曹雪芹不經歷繁華，哪裏寫得出《紅樓夢》？不過，集體旅行也好，經歷繁華也好，都要出於自發；被黨組織起來集體去北戴河，未必是好事。因爲作家一旦被人組織起來，被迫接受種種創作指示，就很難寫出優秀的作品了。而按照一元化文藝政策驅作家往北戴河「集體創作」，正是這類弊多於利的活動。

在人類各種活動中，遠足可以「集體」，打足球、打籃球可以「集體」，甚至連結婚都可以「集體」；唯有文學創作最難「集體」。文學創作一旦變成了一元化文藝路線之下的集體活動，就沒有什麼前途了。一個政府對作家的最大恩惠，是不要管他，英語所謂的 leave a person to himself。當然，許多人也許覺得，政府給作家生活津貼，撥款支持作家而不干擾作家，然後實行前香港財政司夏鼎基（Haddon-Cave）所提出的「積極的不干預政策」（active non-intervention），效果可能更佳。政府一旦讓作家自由發展，出色的作品就會陸續出現。黨組織親自出馬，送作家到北戴河去集體「繁榮文藝」，文藝恐怕很難繁榮起來。出色的作家都有獨立的心靈，是《莊子》裏面的龜，一旦被供奉在廟堂之上，就馬上會完蛋。

因此，走一元化的道路，無論是去陳永貴的故鄉，還是去毛主席的別墅，都到達不了文學福地。

也許是中國作家之幸吧，過去幾年，我們再讀不到上述的一類新聞。黨的文藝組織遭到各種力量（其中包括經濟發展）的衝擊，要推行一元化的文藝路線越來越難，大概是重要原因之一。

過去幾年，中國大陸的經濟開始從計劃經濟模式向市場經濟模式演變，對文學領域產生了深遠的影響。從消極的觀點看，經濟急速發展，人人都「向錢看」，一切都商品化，喜歡文學的人會漸漸減少，文學不容易找到市場，作者也不能專心致志。身爲讀者的，有的忙著賺錢，再沒有時間看書；有的經濟充裕了，工餘不再看文學作品，轉而聽激光唱片，或圍著電視機看錄影帶。身爲作家的，由於生活指數急升，不得不「下海」謀生，結果再沒有時間和心情寫作。以前，許多作家支政府的薪水，不用擔心生活，可以專心寫作；現在，支政府薪水的人越來越少，一般作家都要各謀出路。即使支政府薪水的，由於百物騰貴，入不敷支，也要爲生活操心，不能好好寫作；有的甚至被迫改弦更張，創作時以經濟效益爲前提，不能再追求藝術的完美。此外，由於出版社要自負盈虧，想出版作品也越來越難。

上面的消極論點，都言之成理。不過歸根結柢，經濟發展對中國文學的衝擊還是利多於弊的。不錯，在計劃經濟嚴控整個中國大陸的年代，被組織起來的作家的確無須爲衣、食、住、行操心。不過食君之祿，擔君之憂；你受了黨的薪水，坐了黨的紅旗牌轎車，就要擔黨之憂，聽黨的指示，爲黨的政策宣傳。在這樣的條件下創作，生活無疑穩定，但作家的筆下會有多少好作品呢？實在值得懷疑。

作家是雲雀。把雲雀關在籠子裏，餵它最有營養的食物，它固然不愁凍餒；可是你也看不到它在黎明時以九十度的直角一飛沖天，升到天門時玉喙一囀，把珍珠般的歌聲撒落凡間。你把它放出籠外，它的確有凍餒的可能；可是它出了鳥籠，也有直沖天門、吐珠凡間的希望。

目前，由於市場經濟或半市場經濟的衝擊，黨對作家的一元化領導正逐漸瓦解。在這樣的形勢下，作家雖然失去了昔日的「生活保障」，卻得到了創作自由。作家一旦有了創作自由，文學的前途就無可限量了。

至於作家出書的前景，也不見得比以前壞。以前，能輕易出書的，往往是少數的御用文人，或是獲黨組織欽定的作家。這些人所寫的作品，用藝術的觀點看，通常都不太高明。而眞正出色的民間作家、地下作家，當年要出版作品，往往比登天還難。此外，在一元化文藝政策雷厲風行的年代，由於政治的需要，官方出版社可以隨意浪費人民的血汗錢，爲平庸的作家出書；現在，人民文學出版社也要自負盈虧，以前受黨組織眷寵的作家，自然感到出書不易了。黨外的優秀作家，要出書也不容易，但由於官方的關卡漸漸鬆弛，目前出書，和全國嚴厲推行一元化文藝政策的年代比較，顯然容易得多了。無論如何，出版界按照經濟規律辦事，總比按照政治規律辦事勝一籌。

從「大傷痕文學」時期到現在，中國大陸出色的文學作品雨後春筍般出現，完全因爲大陸社會受到各種力量的衝擊，走上了和平演變之途。這類變化，當然不是當權者所樂見。但形勢比人強，不樂見還是要見的。目前回顧，我們可以說：「大傷痕文學」時期的中國大陸文學，比起一九四九年到一九七六年的文學，不知進步了多少倍；而目前的大陸文學，跟「大傷痕文學」時期比較，又有了進一步的發展。我們只要看看目前創作不輟的大陸作家，再回顧一下盧新華的《傷痕》時期，回顧一下一九四九年到一九七六年的二十七年，就會知道，經濟的發展、一元化文藝路線的淡出，對中國文學是弊多於利，還是利多於弊了。

在以後的日子裏，由於大陸的經濟會繼續發展，人民的環保意識薄弱，中國的環境汚染問題會越來越嚴重。不過，如果作家不因臭氧層破裂、紫外線增加、空氣和食水汚染而倒下，他們將紛紛站起來，在文學多元化的金光大道——不是浩然的金光大道——上向前邁進。

一九九三年五月二十一日

第三輯

蒲葵葉下

——序陳德錦的《登山集》

「人多的地方我不喜歡說話。退出人羣，我站在蒲葵的闊葉下面向海面望去。」陳德錦參加了一個文藝營後，在《靜修院》一文裏這樣說。

陳德錦的自白，證實了他多年來給我的印象。這種喜歡獨處、不喜歡說話的性情，使他更能靜觀周圍的事物，思索生命的大小問題，然後把思索和靜觀所得，用文字傳遞給讀者。在《登山集》的作品裏，陳德錦寫人物、植物、走獸、飛禽、名勝、風景，以至日常生活中的瑣事；文字既有情趣，也有理趣，常能在平凡中發掘不凡。《閒話早餐》和《雨中書》一類文章，無論是自嘲還是說理，都能舉重若輕，幽默得十分自然。下面兩個例子，則證明作者能夠氣定神閒地用低調創造藝術效果：

……校慶的歌辭裏，有一句每年都要更改，那就是建校至今的年歲。……（《驪歌》）

……事實上如睡得熟，睡得香、甜，那簡直和吃一頓好飯相差無幾，絕對不應因饞嘴而打斷這禁食的時間。……（《閒話早餐》）

散文像詩一樣，可以粗略地分爲內歛和外張兩型，猶心臟之有收縮（systole）和舒張（diastole）。內歛的文字沉潛含蓄；外張的文字高明炳蔚。內歛的作者不露圭角，近陶淵明；外張的作者鋒芒畢露，似李太白。《登山集》的作品，大致上屬內歛型；走的是沈從文、豐子愷、梁實秋等散文家的路線。當然，說某一位作家的風格內歛或外張，只是爲了方便討論而已；有時候，同一位作家，甚至同一篇散文，是可以兼備兩種形態的。

也許因爲陳德錦的「正業」是詩吧；當他「不務正業」，寫起散文來時，也常常利用詩人的觀照方式和表現手法。譬如《黑虎》的最後兩段，形式上是散文，本質上已經是詩了。文中的神入境界和快速而不凌亂的想像跳躍，在非詩作品中是比較罕見的。至於下列一類句子，更毫不模稜地展示了作者的詩心：

臺灣的雨季漫長得像一個說不完的夏天故事，沒有開始，也不知道將於幾時結束……（《雨和旱》）

拉開窗簾，天空像一碗澄明的白粥。（《閒話早餐》）

蕩啊旋啊，讓擺蕩和旋轉的時間逐漸撫育他們成長。（《公園、雨和樹——致里爾克書簡》）

由於《登山集》的文章按寫作日期排列，讀者可以輕易看出，無論就文字、結構，還是就觀照的深度而言，作者在最近一兩年都有突破。《登山集》之後，相信陳德錦還會在更高的海拔抒情、寫景、敍事、說理、議論。同時，我也期待他從夾竹桃粉紅的花瓣和長城蒼黃的雉堞，走入三千大千的深處，在那裏的蒲葵葉下望出海面，看到更優美、更動人的風景。

一九八六年

歷史在指間翻飛

——讀《二十世紀編年》

我們是時間的奴隸，緊鎖在年月日裏，今天看不見明天；今天走的路，不知道明天會把我們帶到什麼地方。有了這樣的局限，我們就像瞎子，在歷史的迷宮裏盲動。爲了突破局限，許多人乞靈於水晶球、巫覡、占星術家。

一九八七年，紐約編年出版社（Chronicle Publications）出版的《二十世紀編年》（*Chronicle of the 20th Century*），在某一程度上，可以滿足這些人的需求。

這本書厚達一千三百五十七頁，把一九〇〇年一月一日至一九八六年十二月三十一日，在世界各地發生的大事，按時間的順序編排報導。較次要的按日期的先後在月曆裏簡述；重要的則另撥篇幅，以新聞方式詳細記敍，並加插有關的照片。與某人、某事有關的新聞如在不同的日子發生，讀者可以按書中的指示找到參照條目。書末的總索引則按人名、地名、事件的字母次序列出有關條目，助讀者提綱挈領，掌握二十世紀錯綜複雜的歷史。

這本書和一般的史書有很大的分別：一般的史書都以回顧的觀點看過去；這本書卻把歷史當作目前發生的事件報導。讀者隨便翻開任何一頁，都可以走回過去，身歷當時的經驗。如果你在第二次世界大戰後出生，只要你在時光隧道深入，就可以「親身」感受三、四十年代的喜怒哀樂，目睹希特勒崛起、敗亡，看史大林誅殺異己，看德、俄兩國的大獨裁者締結條約，然後翻臉。到圖書館重閱舊報，也可以獲得類似的經驗，但舊報未經整理編輯，不會有這麼清晰的脈絡；而且要從舊報追索同樣的事件，恐怕要多花幾十倍，甚至幾百倍的時間；要在幾小時，甚至幾分鐘內見樹又見林，簡直是幻想。

翻閱《二十世紀編年》，可以看到極權的殘暴、可怕，看到令人傷心的人禍、天災、意外。由於讀者像全知的神，早已知道書中所記事件的因果，走入時光隧道時就會希望自己兼具神的全能，把接踵而來的事件扭轉。讀到德國人把列寧秘密運回俄國的一段，會看見蘇維埃政權成立，看見日後全球性的難民潮。這時，讀者也許會想，德國人如果不送列寧回國，二十世紀的地球也許沒有那麼多的人禍。

令讀者憤怒、歎息的，不僅是獨夫和極權政府；民主國家的某些領袖、政客，以至許多愚昧、無知、善變的人民，也是人禍的製造者。南越如不是遭美國人出賣，哪裏會淪陷得那麼快？看完了有關南越的條目，讀者會覺得，枉死在南中國海的南越難民，應該向美國人索命。

還好，二十世紀也有許多可歌之事和可頌之人。小阿瑟・施萊辛格在導言中提到的畫家畢卡索、馬蒂斯，雕刻家亨利・摩爾、賈科梅蒂（Giacometti），小說家普魯斯特、詹姆斯、喬埃斯、福克納、巴斯捷爾納克、湯瑪斯・曼，劇作家皮倫德洛、蕭伯納、奧尼爾、品特，詩人葉慈、基普林、佛洛斯特、艾略特，作曲家斯特拉汶斯基、西貝柳斯、里查・施特勞斯，流行曲作家格舒溫、伯林、羅傑斯、埃林頓、披頭四，導演格里菲思、德米爾、威爾斯、費里尼，喜劇家卓別靈、菲爾茲（W. C. Fields）、伍迪・艾倫，只是其中絕少的一部分，值得大書特書的還有很多。讀《二十世紀編年》，還可以看到偉人的側面。譬如說，一九五五年四月十八日，愛因斯坦逝世，有關的條目這樣報導：「……他生時健忘得可愛。他的朋友說，他從來不散步，因爲他辨別方向的能力糟透了……」「編年」、「編年史」一類字眼，往往使人想起枯燥的排比；《二十世紀編年》卻趣味盎然，叫讀者欲罷不能。

讀者把《二十世紀編年》放在桌上，翻開，就會像登高的人到了珠穆朗瑪峰回望大地，看得見羣山的走勢和脈絡；又像全知的神，妙手一動，歷史就在指間翻飛。這時，他不必乞靈於水晶球了。

看過這本書的讀者，相信都會明白，美國和加拿大的書商協會，何以把它選爲「一九八七年最佳書籍」。

《二十世紀編年》的出版人是雅克・勒格朗（Jacques Legrand），總編輯是克利夫頓・丹尼爾（Clifton Daniel）。兩人置萬期於讀者掌中，功勞極大，不可不提。

一九八八年五月二十九日於多倫多

在七度空間逍遙

——錢鍾書談藝

錢鍾書結了集的評論，我見到的，共有三本：《談藝錄》、《舊文四篇》、《管錐編》。三本評論有一個共通點，那就是，書中所舉的例子，遍及七國文字：中文、英文、拉丁文、意大利文、法文、德文、西班牙文。讀這些評論，會想起歌德在一八二七年所說的話：「民族文學已沒有多大意義了；現在是世界文學的時代」（Nationalliteratur will jetzt nicht viel sagen, die Epoche der Weltliteratur ist an der Zeit.）。

民族文學是否眞的沒有多大意義呢？不是的；歌德的意思大概是：只看本國的文學已經不行了；應該把視野擴大，放眼世界。這句話說來容易，但除了歌德一類才華橫溢的文學家，有多少人能够付諸實行呢？眞正的放眼世界，不能光靠翻譯；卻要跨越語言的畛域，盡量透過原文看外國文學。

在歐洲，像歌德那樣放眼世界比較容易。歐洲的語言屬印歐語系，英國人、德國人、法國人或俄國人想在母語之外掌握兩三種歐洲語言，會有先天的優越條件，因爲印歐語言在語法和詞源上都比較接近。以「我」字的賓格爲例，英語是 me，梵文是 ma，伊朗文是 ma，希臘文是 me，拉丁文是 me，古代英語是 me，古代愛爾蘭語是 me，立陶宛語是 mi，俄語是 menya。進了相同的語支（branch），彼此之間的血緣就更明顯了。以日爾曼語支爲例，英國人學德語，聽到 vier, fünf, sechs, sieben, acht, neun, zehn 就可以過耳不忘了；因爲這幾個德文字，就是 four, five, six, seven, eight, nine, ten 的堂兄弟，讀音相近；你聽了，還以爲是同一省的方言呢。有時候，同一省的方言也沒有那麼接近。以我這個廣東人爲例，我在家裏和母親說新興方言，內人聽不懂；而內人的父母親說起潮州方言來，我的耳朵也完全失聰。（據說蘇聯KGB的特務到了外國，彼此交換機密時會說潮州方言。那麼，我雖是廣東人，碰見這樣的特務，也佔不到絲毫便宜的。）反之，德國人到了荷蘭，會覺得周圍的外國人所說的話似曾相識。

羅曼語的相同點更多：意大利人翻開一本用西班牙文寫成的小說，幾乎可以追踪書中的情節；未學過葡萄牙語的西班牙人，可以和未學過西班牙語的葡萄牙人聊天。因此，在歐洲，通數種語言的文學家比較普遍（喬埃斯、龐德、艾略特、歌特露德・斯坦、格雷夫斯是其中幾個例子）；即使用外文寫作而成家的也不算太稀奇。俄國人拿波科夫和波蘭人康拉德用英文寫作，都成了名家，對英國文學有極大的貢獻，使英國文學，甚至英國人、美國人所用的英語變得更豐富。英美文學要是沒有了《諾斯特洛摩》（*Nostromo*），沒有《羅麗妲》（*Lolita*），讀者的損失會何等鉅大？沒有康拉德用英文寫作，艾略特寫《空洞人》（"The Hollow Men"）時就要找別的句子作引語了；沒有拿波科夫用英語寫作，英語就不會有 nymphet 一詞。

中國人要像歌德那樣放眼世界，卻困難得多。中文（說得準確點是漢語）不需屈折，在語源上與印歐語大異。中國人要在歐洲徜徉，需要突破許多先天的局限。因此，錢鍾書能讀通歐洲的多國文學，就更加難能可貴了。

法國人說：「學習一種外語，是一次更生。」（Apprendre une langue, c'est vivre de nouveau）那麼，錢鍾書像艾略特等作家一樣，已經更生多次。德國人說：「不懂外語的，對母語會一無所知。」（Wer fremde Sprachen nicht kennt, weiss nichts von seiner eigenen）這句話也許說得重了些；但不管是輕是重，都影響不了《談藝錄》、《舊文四篇》、《管錐編》的作者。錢鍾書對母語的認識深妙，可與同遊的作家或學者少之又少；即使有某些勢利的人不顧這事實，而以上述德國人的標準衡量錢鍾書對母語的認識程度，錢鍾書也有驚人的履歷，使這些人無話可說。在德國人的那句話裏，外語（fremde Sprachen）

一詞是複數；錢鍾書通曉的外語有六，大概及格了吧？

錢鍾書在《談藝錄》、《舊文四篇》、《管錐編》裏面引用的典籍異常浩繁，提到英國、法國、德國、西班牙、意大利、古羅馬的作家時一律引用原文。這種做法，在西方不足爲奇；西方不少有學問、有功力的比較文學家一下筆就會放眼世界，舉例時能力所及，都會引用原文。比較文學家這樣做，並非爲了賣弄，而是因爲翻譯不能全面轉達原著的神韻，只是代用品，迫不得已才會倚靠它。一篇翻譯無論多好，和原文比較都會打個折扣。一句簡單的西班牙諺語 Del dicho al hecho hay mucho trecho 譯成「說起來容易做起來難」，應該是百分之百準確了吧？不，事實並非如此；在翻譯的國度裏，可沒有「百分之百準確」這回事。以翻譯中最基本的單位爲例，拉丁文的 lumen 或 lux、英文的 light、法文的 lumière、意大利文的 luce、西班牙文的 luz、德文的 Licht，就譯不出「光」的宏壯輝煌；中文的「光」字一唸，讀者就會在閶闔曉鐘開萬戶的刹那間看見億萬枝金箭競發，疾射向宇宙的上下四方。這種由聽覺所引起的視覺聯想，在其餘的幾個字都找不到。當然，中文的「光」字也譯不出法文 lumière 裏面稠滑柔軟、而又緩緩流瀉的金琥珀……譯不出意大利文 luce 的……德文 Licht 的……拉丁文 lumen 或 lux 的……上述的西班牙諺語，語義是譯出了；但原文一連四個塞擦音所引起的動覺(kinesthesia)，以至由動覺所引起的困難感，中文都譯不出。譯成法文 Il y a loin du dire au faire（從說到做有一大段距離），也要喪失原文的效果。

至於詩的難譯，甚至不可譯，更早爲翻譯家所公認。

但丁的

Nella profonda e chiara sussistenza
  dell'alto lume parvermi tre giri
  di tre colori e d'una contenenza;
e l'un dall'altro come iri da iri
  parea reflesso, e 'l terzo parea foco
  che quinci e quindi igualmente si spiri.
  …………
All'alta fantasia qui mancò possa;
  ma già volgeva il mio disio e 'l velle,
  sì come rota ch' igualmente è mossa,
l'amor che move il sole e l'altre stelle.

(*La Divina Commedia, Paradiso*, Canto XXXIII, 115-20, 142-45)

在高光深邃無邊的皓皓
　本體，出現三個光環，三環
　華彩各異，卻同一大小。
第一環映著第二環，燦然
　如彩虹映著彩虹，第三環則如
　一二環渾然噴出的火焰在流轉。
……
我的神思，至此再無力向上；
　不過這時候，我的意願和心靈
　已隨大愛旋動，如轉輪一樣
均勻；那大愛，也推動太陽和羣星。

（《神曲・天堂》第三十三章第一一五—一二〇行，第一四二—一四五行）

奧克塔維奧・帕斯（Octavio Paz）的

En la montaña negra
El torrente delira en voz alta
A esa misma hora
…………
El viento te descuaja y te arrastra y te arrasa
（"Temporal"）

在黑色的大山裏
洪流在大聲咆哮
就在這一刻
…………
暴風雨把你連根拔起把你捲倒摧毀

保爾魏爾倫（Paul Verlaine）的

Il pleure dans mon cœur
Comme il pleut sur la ville;
Quelle est cette langueur
Qui pénètre mon cœur?

（"Ariettes oubliées", 3）

我的心在哭泣，
就像城上下著雨。
是什麼樣的萎靡
滲入我的心裏?

（《被遺忘的小咏歎調》其三）

莎士比亞的

…………

Purple the sails, and so perfumed, that
The winds were love-sick with them, the oars were silver,
Which to the tune of flutes kept stroke……

(*Antony and Cleopatra*, II, ii, 201-203)

帆是紫的，而且薰得芬芳，
連風也爲之著迷；槳是銀的，
隨笛子所奏的曲調而起落……

（《安東尼與克莉奧帕特拉》第二幕第二場第二〇一—二〇三行）

都可以翻譯成中文，但原文的音樂一定要打個九折……八折……甚至五折……四折……

在《聖經・新約全書・啟示錄》二十二章十三節裏，神的話語用古希臘文說出來，屬重量級：

ἐγὼ εἰμι τὸ ’Αλφα καὶ τὸ ’ωμέγα, ’αρχὴ καὶ τέλος, ὁ πρῶτος καὶ ὁ ἔσχατος.

我是阿耳法，也是奥每伽；是太始，也是終極；是至先，也是至後。

用英語說，就只能進入中量級了：

I am Alpha and Omega, the beginning and the end, the first and the last.

英文本的譯者已是高手，在句子的第一部分直譯希臘字母，保留原文的重量；但由於譯入語的先天局限，the end 和 τέλος 比較起來，音量已輕了不少，一如小提琴之於大提琴。the first and the last 和 ὁ πρῶτος καὶ ὁ ἔσχατος 相比，也如小巫之於大巫：英譯裏只有 last 一詞的元音有些斤兩；在古希臘《聖經》的原文裏，響亮宏壯的元音撼人如天鼓，πρῶτος 兩個沉穩的音節（英文的 first 只有一個音節，最後的輔音 t 又太輕，壓不住陣腳）後是一個開口的雙元音 αι，一個又闊又壯的元音 ὁ，然後是 ἔσχατος 把萬民推向高潮。ἔσχατος 有三個音節，其中最末兩個重如泰山。兩個音節一出口，眾生亡魂鬼魅禽獸草木星辰都聽得見天關雷動，都不由自主地高唱和散哪，讓歌聲響徹宇宙。這，才是萬王之王的聲音啊！面對這樣的吐屬，英文欽定譯本的翻譯高手，以至寫《失樂園》的大詩人，也只好甘拜下風了。可不是嗎？在原文裏，連一個簡單的冠詞 *ó*，也比英文的 the 凝重，英國的譯文有甚麼辦法與之爭勝呢？

再看英國著名建築師克里斯托弗・雷安（Christopher Wren）在聖保羅大教堂的墓誌銘（聖保羅大教堂是雷安的傑作，墓誌銘用拉丁文寫成）：

Si monumentum requiris, circumspice.

就會發覺英譯 If you want my memorial, look around 輕了許多：memorial 雖是複音，但重量比不上原文的複音詞 monumentum；look around 二字，也不像原文的 circumspice 那麼莊重（around 的第一個音節是輕音，快如跳躍，把節奏拉得急促了些。唸起來少了一點矜持）。

翻譯既然不能盡傳原文的意思，錢鍾書徵引例子時乃直接引用原文。引用原文，可以把問題說得更清楚更具體。這種好處，在《管錐編》的卷首就可以看到。在《周易正義》二七則的第一則裏，錢鍾書談一詞多義時指出黑格爾鄙薄中國語文，並詳析黑格爾所舉的例子「奧伏赫變」（Aufheben）。這個德文字含有兩種相反的意思：既指「滅絕」，又指「保存」。討論這個字時，錢鍾書引用了原文，讓讀者清楚地看出「奧伏赫變」有上（Auf）舉（heben）之意。這樣一來，讀者就知己知彼，更容易接受錢氏的結論了：

> 其〔黑格爾〕不知漢語，不必責也；無知而掉以輕心，發為高論，又老師巨子之常態慣技，無足怪也；然而遂使東西海之名理同者如南北海之馬牛風；則不得不為承學之士惜之。

在同一書中的《毛詩正義》第五四則裏，錢氏談語法程度時徵引拉丁文、德文、英文典籍，對解放語、束縛語有透徹的分析，也收到中西互相發明之效。

看了《管錐編》等談藝著作，我個人有這樣的感覺：在今日的中國，錢鍾書是最有資格談比較文學、教比較文學的人；他對中國文學的涉獵既深且廣，在談藝文章裏引用的典籍多得驚人；在東征之餘，他還有龐大的軍力西討，把遼闊的疆域劃入版圖。他在《管錐編》的自序裏所說的話是自謙之辭：「瞥觀疏記，識小積多，學焉未能，老之已至！……又於西方典籍，褚小有懷，綆短試汲……」學海固然無涯；可是以有涯逐無涯，而能達到錢鍾書那樣的境界的，在中國和外國都十分罕見。

錢鍾書談藝，既有獨到的眼光，又有客觀的焦距；他的慧眼，能見人所不見；他淵博的學問，則使他超越成見、偏見。他在《管錐編・毛詩正義》第四九則說「經生之不曉事、不近情而幾如不通文理」，是通人遇見食古不化的學究後的喟然嗟嘆；情形就像李白之嘲魯儒：

魯叟談五經，
白髮死章句；

葉慈之笑「學者」：

禿頭們忘記了自己犯過罪，
年老、博學、可敬的禿頭
編輯、註釋一行行的詩，

青年男子失戀的時候
輾轉反側、為取悅美人
無知的耳朵而哼的低吟。

都在磨蹭，都在咳墨；
都用鞋子磨損地毯；
都在思索人家的思索；
都認識鄰居認識的人。

Bald heads forgetful of their sins,
Old, learned, respectable bald heads
Edit and annotate the lines
That young men, tossing on their beds,
Rhymed out in love's despair
To flatter beauty's ignorant ear.

All shuffle there; all cough in ink;
All wear the carpet with their shoes;
All think what other people think;
And know the man their neighbour knows.

在《史記會註考證》五八則的第四則裏，錢鍾書對王若虛的批評也表現了大家的眼光和識見；王若虛的短長，他看得十分清楚。

《舊文四篇》所收錄的，都是比較文學的上乘文章。《談藝錄》和《管錐編》雖以札記形式寫成，但可以當作獨立的比較文學評論來讀的，也多不勝數。看似毫不重要的附說（如《談藝錄》論得心應手與得手應心），往往是充滿識見的評論，許多經生式的學者出盡九牛二虎之力都未必寫得出。《談藝錄》中的精彩章節，拙文《重讀錢鍾書的〈談藝錄〉》已經提過，在此不再贅述。《管錐編》的字數比《談藝錄》多，裏面出色的比較文學評論也更夥，處處流露了功力和卓識。在這些篇章裏，作者一如以往，也像游魚般逍遙於七度空間，灑脫而從容。讀者只要細讀《周易正義》第六則論神道設教，《毛詩正義》第四三則論在水一方爲企慕之象徵，第五三則論詛祖宗；《左傳正義》第四則論古「豔」「麗」通用於男女，第一五則論兵不厭詐；《史記會註考證》第一五則論「媚道」與「射刺」；《老子王弼註》第七則論有身爲患；《全上古秦漢三國六朝文》第一九五則論立身與文章……就可見其一斑。像《管錐編》這樣的書，只有錢鍾書寫得出。《周易》、《毛詩》、《左傳》、《史記》、《老子》、《列子》等古籍中的片言隻語，隨時會轟然開啟錢鍾書的學問寶庫。說到兵不厭詐，錢鍾書會告訴你，《韓非子》、《孫子》、古斯巴達名將、蘇格拉底弟子、維吉爾、馬基亞維利對這點有什麼說法；說到老子的「吾所以有大患者，爲吾有身；及吾無身，吾有何患?」他又會告訴你，對於有身之患，朱文公、嚴復、司馬遷、白居易、抱朴子、釋慧皎、莊子、《文子》、《呂氏春秋》、《大智度論》、《法苑珠林》、《五燈會元》、斯多噶派大師、神秘宗祖師、聖・保羅、古希臘哲人德謨克利特（Demokritos）、《四十二章經》、《法句譬喻經》、《高僧傳》、《太平廣記》、《新約全書》、韋斯特麥克（E. Westermarck）、長老奧立經（Origen）、《紅樓夢》、尼采、《維摩詰所說經》、《佛道品》、《列子》、《悟眞篇》、司馬承禎、李維說過什麼，做過什麼。錢鍾書的學問像一座座巍峨的積雪，有誰呼叫一聲，萬山就會雪崩，塌下數不盡的金句、引語、典故。錢鍾書的學問淵博，古今中外的聖賢、作家都附於其身；對於某一問題，中國人、英國人、法國人、德國人、意大利人、西班牙人、古羅馬人有什麼說法，他都可以詳細地告訴你。錢鍾書博覽了中外羣籍，已經像登山的人到了岱頂，大地的河山盡展腳下；哪裏有類似的河川，哪裏有等高的崗巒，哪裏有走向相同的羣岳，他都瞭如指掌。

由於錢鍾書能在七度空間逍遙，許多學者看不見或未得見的典故、軼事，都成了他的常識。此外，由於錢鍾書富有幽默感，《舊文四篇》、《談藝錄》、《管錐編》裏面的許多掌故和異聞，都充滿了趣味。在《中國詩與中國畫》裏，他提到凱恩茨（F. Kainz）的「嗜好矛盾律」時徵引莫里哀的笑劇，令人莞爾。《管錐編・周易正義》第三則說人中，也能夠就一個小問題遨遊中外，使讀者會心微笑。《左傳正義》第五八則談惟食忘憂，更全是錢鍾書的本色了：

……伏爾泰寫一人失其所歡，又殺其所歡之弟，與僕跳，中途，僕請進食，其人慨然曰：「吾腸斷心疚，汝何為欲吾食火腿乎！」（Comment veux-tu que je mange du jambon?），且談且啖（En parlant ainsi, il ne laissa pas de manger）；斐爾丁亦寫悲深憂極而終須飲食（yet the sublimest grief, not with standing what some people may say to the contrary, will eat at last）。……嘗見英國一大史家

日記有云：「好友病革。心甚悲痛。然吾晚餐如恆」(Poor Henry Hallam is dying. Much distressed I dined, however)；蓋自認不能憂而忘食也。費爾巴哈云，心中有情，首中有思，必先腹中有物(Die erste Bedingung, dass du etwas in dein Herz und deinen Kopf bringst, ist: dass du etwas in deinen Magen bringst)。然則「唯食忘憂」只道著一半；唯有食庶得以憂，無食則不暇他憂而唯食是憂矣。古希臘又一小詩云：「患相思病者之對治無過飢餓，歲月亦為靈藥」(Hunger puts an end to love, or if not hunger, time)；但丁名句：「飢餓之力勝於悲痛」(Poscia, più che 'l dolor, poté 'l digiuno)；皆道此也。

再看《全上古三代秦漢三國六朝文》第一九五則：

簡文帝《誡當陽公大心書》：「立身之道，與文章異；立身先須謹慎，文章且須放蕩。」……所謂「作者修詞成章之為人」(persona poetica)與「作者營生處世之為人」(persona pratica)，未宜混為一談。十八世紀一法國婦人曰：「吾行為所損負於道德者，吾以言論補償之」(Je veux rendre à la vertu par mes paroles ce que je lui ôte par mes actions)；可以斷章。

《史記會註考證》第六則：

……「卻行」者，雖引進而不敢為先，故倒退而行，仍面對貴者而不敢背向之，所以示迎逢之至敬也。……西方舊以卻行為辭君退朝之儀容，仕宦者必嫻習之。一劇寫財虜入庫視藏金，將出，曰：「奉稟君臨萬國之至尊，吾不敢無禮轉身，背向天眼，謹面對而磬折退走」(King of kings, /I'll not be rude to thee, and turn my back/ In going from thee, but go backward out, /With my face toward thee, with humble courtesies)；一小說謂萬不可以臀尻汚皇帝尊目，故辭朝必卻行 (On ne retourne jamais le cul à ce grand Empereur, et on s'en va à reculons de devant luy)；語雖嘲戲，正道出儀節底蘊。哲學家休謨肥憨，不善行此禮，幾致蹉跌焉。

上引各則，博識、冷眼、幽默兼而有之，處處是《圍城》、《人獸鬼》、《寫在人生邊上》的風格。讀了這些札記，誰都不會錯認作者；如此博引廣徵而又能夠把風趣、幽默貫注其中的，除了寫《圍城》、《人獸鬼》、《寫在人生邊上》的作者外，還有誰呢？

請看《圍城》：

……鴻漸也在頭暈胃泛，聞到這味道，再忍不住了，衝口而出的吐……又感覺坐得不舒服，箱子太硬太低，身體嵌在人堆裏，腳不能伸，背不能彎，不容易改變坐態，只有輪流地側重左右屁股坐著，以資調節，左傾坐了不到一分鐘，臀骨酸痛，忙換為右傾，百無是處。

小說家錢鍾書，不就是談藝家錢鍾書嗎？

錢鍾書談藝，能冶學問和趣味於一爐，除了因爲他有異稟外，還因爲他通曉多種外語，無需被動地等翻譯家把外國典籍譯成中文，就能進入外國作家的世界，主動地馳騁於泰西廣闊的疆土，探索人所未見的勝境。

讀一般評論家的文章，見作者引述外國作品時，無論中譯如何神妙，總想看看原文，但往往不能得償所願，結果總覺得不够過癮。有些論者也許會說：「中譯已經神妙了，還要原文做甚麼？況且人的精力和才智有限，窮畢生的時間也學不了多少種外文。」這個論點，也不能說沒有道理。不過，譯文無論多麼神妙，也不過是代用品，不能完全取代原文；這點上文已經說得很詳細了。此外，中譯越是神妙，讀者就越想追本溯源；至於讀者懂多少外文並不重要；懂一種的看一種，懂兩種的看兩種，全懂的全看，不懂的不看，只看中譯；所謂如羣飲河，各充其量；有機會看到一種原文，總比光看翻譯好。錢鍾書談藝之所以出色，是因爲他能够像艾略特一樣，不但富於文采，還可以在數度空間逍遙；讀者一翻開他們的文章，就看到天地之大，宇宙之廣。

電影《星球大戰》（*Star Wars*，一譯《星際大戰》）最令人難忘的一景，是宇宙飛船開始以光速飛行的刹那。在這一刻之前，我以爲飛船會逐漸加速，然後越飛越快，最後把太空的景物甩成幻影，眼睛再也捕捉不到。但導演的構思飛出了我的想像：以光速飛行的命令一下，駕駛員按動加速器，千億萬顆星星刹那間如光海劈頭蓋臉地向我覆來；兩三秒鐘之後，銀幕上的景物清晰如故，飛船已倏然以光速飛行了。錢鍾書談藝，也同樣從容；只要念頭一動，就可以射入浩瀚的光海；然後出中入德，去法返英赴意，往來倏爍，在西班牙、古羅馬之間軒翥遠舉。

看錢鍾書的談藝文章，就是看他在七度空間逍遙。

一九八八年九月二十一日於多倫多

智、仁、勇以外

——魏京生的散文

一

留意中國政治的人，都不會不知道魏京生是誰。國際有哪一個民權組織、民主促進會，甚至諾貝爾和平獎委員會，要頒發獎金或崇高榮譽給魏京生，相信反對的人不會太多。可是，筆者要討論魏京生的散文，恐怕許多人都會感到奇怪。「魏京生寫過散文嗎？」「魏京生的文字，值得寫專文討論嗎？」「魏京生只在北京之春時期的民主牆上貼過一些大字報，在《探索》雜誌上發表過幾篇論政文章，難道就有資格進入散文的殿堂，和純文學作家平起平坐？」……這一連串的問題，都會在嚴肅學者的腦中湧現。

要證明魏京生是智者、仁者、勇者，是中國民主運動中最傑出的鬥士、先知，恐怕比證明魏京生是傑出散文作者容易。魏京生智、仁、勇的表現，中外的傳媒早有報導；大家只要讀讀有關資料，了解一下他的生平，看他被捕前如何成長、覺醒，如何爲中國民主的進程付出高昂的代價，就知道他是哪一類人物了❶。要把魏京生當作散文作者討論，許多人都會提出異議。那麼，我們就審核一下魏京生的散文作者資格吧。

魏京生發表的文字，就我所見到的，共有下列十多篇：《探索》發刊聲明、《第五個現代化——民主及其他》、《續〈第五個現代化——民主及其他〉》、《民主的限度?!——駁北京市委會議精神》、《再續〈第五個現代化——民主及其他〉》、《人權、平等與民主——評述〈再續第五個現代化〉的內容》、《傅月華事件調查紀錄》、《扣押傅月華是否合法?》、《是誰製造事端?是誰造成惡果?》、《二十世紀的巴士底獄——秦城一號監獄》、《要民主還是要新的獨裁》、《從十六歲到二十九歲的思想發展(之一)》、《魏京生在法庭上的辯護詞》、《淺談現代中國青少年犯罪的根源——兼談文革中的一點歷史的眞相》、《關於西藏政教合一政權若干問題的探討》、《關於上古時期社會的幾個問題》。這些文字，或以「金生」、「今聲」、「金聲」等筆名發表，或爲錄音紀錄，經別人整理後在雜誌上披露；其中有社論、聲明，以至討論歷史、社會、宗教的論文，性質十分龐雜❷。以許多人的批評標準衡量，恐怕進不了散文國度。不過散文的領域極廣，既能包括繪景、抒情、敍事、寫人、詠物的篇章，也可以容納政論、報導、社論，以至各種應用文。爲人熟知的《古文觀止》，既有散文領域中常見的美文，也有漢高祖劉邦的《求賢詔》、漢文帝劉恆的《議佐百姓詔》、漢景帝劉啟的《令二千石修職詔》、晁錯的《論貴粟疏》、賈誼的《過秦論》、駱賓王的《爲徐敬業討武曌檄》、蘇軾的《留侯論》、張溥的《五人墓碑記》……。在英國，牛津大學出版社一九九一年出版的《牛津散文選》（*The Oxford Book of Essays*），除了收錄培根的《論眞理》（"On Truth"）、考利（Abraham Cowley）的《論貪婪》（"On Avarice"）一類傳統的英國散文外，還容納了T. H. 赫胥黎（T. H. Huxley）的《進化與倫理》（"from Evolution and Ethics"）、克勒治（Joseph Wood Krutch）的《膠體與晶體》（"The Colloid and the Crystal"）等不太傳統的作品。在詩的領域裏，古羅馬有盧克萊修（Titus Lucretius Carus）用詩歌形式解釋原子說。散文的領域比詩的領域還要寬廣，因此作者即使寫物理、化學、天文、地理……只要文字具有文學作品的特色，就可以當作散文討論了。魏京生的作品文采斐然，處處表現了傑出散文家的風範，因此完全有資格進入散文的殿堂。至於魏京生的作品有什麼文采，又如何展示傑出散文家的風範，下文就會詳細討論。

二

魏京生發表的文字大致可分兩類。探討社會、歷史、宗教的學術論文屬第一類。其餘的文字屬第二類。第一類文字包括《關於西藏政教合一政權若干問題的探討》、《關於上古時期社會的幾個問題》。第二類文字，大都發表於一九七九年出版的《探索》雜誌，以討論中國的政治、社會爲主，是魏京生散文的骨幹。在同一時期，作者也以《探索》編輯部的名義發表文章、聲明（如《民主的限度?!——駁北京市委會議精神》、《傅月華事件調查紀錄》、《扣押傅月華是否合法?》、《是誰製造事端?是誰造成惡果?》）❸。此外，作者被捕後在中共「法庭」上的辯護詞，雖然僅由北京《四五論壇》根據錄音整理，沒有直接在刊物上發表，但組織嚴密，思路清晰，詞鋒凌厲，與作者論民主、斥獨裁的文章不遑多讓。《從十六歲到二十九歲的思想發展（之一）》，講述作者如何從一個狂熱擁毛的紅衛兵變成秉具智、仁、勇的民主鬪士；雖然記敍多於議論，在內容上也與《第五個現代化——民主及其他》、《續〈第五個現代化——民主及其他〉》有別，但與民主思想有密切關係。由於這些原因，兩篇文章也歸入第二類討論。

第一類作品（《關於西藏政教合一政權若干問題的探討》、《關於上古時期社會的幾個問題》），據華達編的《中國民辦刊物彙編》第一卷的說明，是魏京生於「一九七八年爲中請在民族學院當研究員時所寫」，寫成後並未發表❹。就文采而言，《關於西藏政教合一政權若干問題的探討》和《關於上古時期社會的幾個問題》雖然比不上第二類文章，但讀者可以從中看出魏京生學術論文的風格。據魏京生在《從十六歲到二十九歲的思想發展（之一）》裏的自述，「在初中的頭兩年……（他）幾乎看遍了所有馬恩列斯毛的理論著作」。加以他父親是個「共產黨的小官僚……十分鍾愛他的馬列主義毛澤東思想……盡一切努力」向魏京生灌輸馬列主義、毛澤東思想，鼓勵他「讀一些他指定的政治書，如《平凡的眞理》、《論共產黨員的修養》、《辯證唯物主義和歷史唯物主義》等等」❺，魏京生對共產主義的政治、哲學、社會、經濟理論乃有深入而全面的認識。因此，在《關於西藏政教合一政權若干問題的探討》、《關於上古時期社會的幾個問題》裏，他能夠用理論文字冷靜地討論社會和歷史問題。兩篇論文於一九七八年寫成，和他一年後所寫的文章（如《要民主還是要新的獨裁？》）比較，有極大的分別。在討論社會制度時，魏京生平和而冷靜；斥責新獨裁時卻揮筆如劍，劍劍都直戳野心家。兩類文字之所以有別，固然因爲第一類是學術著作，第二類是近乎聲討敵人的檄文或對獨裁政權的控訴；題材和目的不同，行文也就有別。不過這樣解釋，只說對了一半。要知道魏京生寫兩種文字時風格何以有這樣大的分別，還須了解他的爲人和性格。

唸文學批評的人都知道，一般說來，風格未必——也不必——是人格。但就上述的文章而言，風格卻與人格有密切的關係。據魏京生本人的自白❻、他人的旁證❼，以至魏京生案的「審訊」紀錄❽，魏京生兼具智、仁、勇的高品質❾。他平時爲人，溫和而冷靜，能夠聽不同的意見。投入民主運動後，遭到身爲「革命幹部」的父親強烈反對。他沒有和父親衝突，只默默地繼續工作。和他一起編《探索》的路林，對他有這樣的描寫：

北京市公安局三月二十九日以反革命罪逮捕了魏京生，可有人在這以前就把魏京生定為了反革命，這就是魏京生的爸爸——一個懂得馬列不多的老幹部。魏京生今年二十九歲了，魏的父親給魏找了一間房，準備為兒子結婚用，後來這個房子成了我們的印刷所。由於我們和魏接觸頻繁，魏的爸爸覺察到魏又要為他惹禍了，於是有一次把我們堵在房子外面，並對我們說，他是反革命，你們以後不要跟他跑。後來還威脅魏，要把房子收回去，但魏並不灰心，他也不和他爸爸吵，他總是一邊聽爸爸的訓斥，一邊低頭吃飯，吃完了飯就回到他自己的住處幹自己的事，房子問題就這樣一直拖到魏被捕。

由於魏與父親關係的破裂，經濟來源只有自己這四十塊工資，他把自己的工資全部交給我辦刊物，而他每天從單位跑回家吃兩頓飯。後來刊物的發行量大了，需要更多的錢來買紙張等物，這時他的女朋友把自己存摺裏的唯一五十元錢取出來送給我們，後來魏被捕後，他的女朋友沉痛地對我講：魏的褲衩襪子全破了，我讓他買新的，他答應了，可在他被捕的前夕，我發現他穿的還是那破了的褲衩和破了的襪子……

自魏京生被捕後，我聽到許多來自幹部階層對他的評論，說他不缺吃、不缺穿，為什麼要這樣做呢？……而許多人又激動地對我說：他可貴就貴在沒有依靠優越的家庭去為自己奔忙，他把自己置身於廣大的勞動羣眾之中，他的感情和勞動羣眾融合在一起了。

……

七月的某日的一天，從北京第一監獄陰暗的牢房裏，發出一張明信片，在信上這個犯人〔指魏京生〕對他的女朋友說：我還欠某某同事三十元錢，欠某某四元錢，欠某某一塊錢，請你想辦法替我還給他們。另外，信上還囑託他的女朋友買些鮮花在他媽媽生日的時候獻到八寶山他媽媽的靈前，魏是非常愛他母親的，他常常買些鮮花到八寶山去看他媽媽的靈。⑩

在《從十六歲到二十九歲的思想發展(之一)》裏，魏京生敍述他當紅衛兵期間，坐火車經過河西走廊，在一個小站上停下來時，看見一羣叫化子擁過來要飯。其中一個十七、八歲的女孩子，滿臉煤灰，「除了披散著遮住上身的頭髮外，身上竟沒有任何叫做衣服的可以遮住身體的東西。只是全身沾滿了煤灰和泥土，遠看似乎是穿著衣服一樣，再加上混在一羣沒穿衣服的小叫化子中間，在不注意的人看來便不顯得那麼刺眼」。當時魏京生正探身車窗外，把蘭州站上買來的幾個餅遞過去；見女青年一絲不掛，「探出去的頭本能地縮了回來」。坐在對面自稱出差的中年人見狀，「充滿樂趣地嘿嘿笑了兩聲，用通曉世故的口氣說：『沒見過吧！在這一帶多的是。每個小站上都有這樣的姑娘，有些還相當漂亮，只要給吃的，用不著花錢就可以……』」魏京生聽後，非常憤怒，臉色爲之大變，嚇得那個中年人馬上改口。後來，中年人受了魏京生的影響，也把自己的幾包餅乾送給飢民。「其它車窗口也有人在迅速地向飢餓的人分發各種食物，這也許是受了我伸到窗外的手臂上的紅衛兵袖標的影響吧。誰知道呢？當火車重新開動時，從車窗旁閃過的赤裸的姑娘和孩子們，許多已經把餓得發綠的眼睛從車窗轉移到手中的各種食物上邊去了」⑪。

從魏京生的自述和別人的旁證裏，我們可以看出，魏京生爲人，博愛溫厚，有強烈的正義感；對受苦的婦孺以至廣大的老百姓，懷有深切的同情。他七歲進育紅小學，十二歲轉到建工部子弟小學，十三歲考上人民大學附中[12]，所受的是「革命幹部」子弟的教育，後來又當過兵。如此「根正苗紅」的青年，眞是「不缺吃，不缺穿」。但爲了中國人民的利益，他毫不猶豫地犧牲了小我，奮不顧身地投入民主運動。魏京生在「法庭」上受「審」時，法官問他：「魏京生，你在《第五個現代化——民主及其他》這篇文的結尾說，『人民一定會解放，這是具有新的意義的口號，它會流血，它會犧牲，還會造成新的叛亂。』」魏京生鎭定地回答：「對，當然是。現在在中國要爭取民主，也並不一定沒有阻力，還會有很多人出來破壞，還會遇到很大阻力。當然，這裏流血、犧牲兩種情況都可能發生，我準備作出這種犧牲。」[13]在日常生活中，魏京生和藹可親[14]，不會爲小事動怒，可是看見獨裁的統治下民不聊生，就挺身而出，批毛澤東、鄧小平的逆鱗。也就是這個緣故，他寫有關社會和歷史的論文時可以平心靜氣；寫《要民主還是要新的獨裁？》一類文章時，就會尖銳無比，不再像日常生活那樣溫柔敦厚。這，正是典型的大勇表現，而不是因雞毛蒜皮就拔劍而起的匹夫之怒。知道了魏京生的智、仁、勇屬於哪一層次，我們才會明白，他的文章爲什麼能夠同時包羅至剛、至柔和熾熱、冷凝等風格。

寫有關社會、歷史論文的魏京生，基本上是個學者。不過在這些論文中，我們已經看得到文學家魏京生的影子。在《關於上古時期社會的幾個問題》的結尾，一個舊比喻可以在他的筆下翻新：

俗語說：「歷史是現實的一面鏡子」。如果我們把這一面鏡子弄模糊了並按自己的想像塗畫一番，它也就起不到鏡子能夠起到的作用了。如果我們需要鏡子，就必須擦乾淨它，哪些該擦哪些不該擦，這要由歷史現實和客觀的分析來決定，而不能由主觀願望來決定。⓯

這一手法，不算十分新穎，但在學術論文中出現，可以給抽象的理論增添文采。

到魏京生在《探索》上發表論民主、斥獨裁的文章時，議論中的文采就更加明顯了。在現代中國的民運史上，李一哲大字報久享盛名。但如果我們拿它和魏京生的文章比較，我們會發現二者有頗大的分別：二者雖然都談馬克思，談社會主義，談民主法制，但前者比較抽象，文學的修辭技巧也用得不多；後者則在討論抽象理論時處處流露了文采，筆鋒極富感情。試看下面一段：

號稱辯證的馬克思主義不從主觀和客觀的辯證關係上來分析和解決這個問題，而只是武斷地結論說：滿足一切願望的社會是可以達到的，它就是我所設計的共產主義。這種方法無論從馬克思等人的主觀上看是否有惡意，從人類歷史的客觀角度來觀察，無異於江湖騙術。因為他的主義是建立在允許不可能達到的理想的基礎上，就像賣膏藥的人吹噓他的膏藥能滿足任何人對於治療他們自己任何疾病的願望一樣。

……

這些思想支柱的關於最終理想樂園的許諾，都是虛無飄渺和無法證實的，因此是比江湖騙子的膏藥更高明一些的膏藥，它們的結果也不僅僅是無用，而是有害。（《人權、平等與民主──評述〈再續第五個現代化〉的內容》）⑯

三

魏京生的筆，出擊時針針見血，已經把政論帶入文學領域了⑰。

上面所引的一段，錄自魏京生的第二類文章。魏京生此後即使不再寫別的散文，這類作品就可以帶他進入中國傑出散文的殿堂了。這類作品之中，以《第五個現代化——民主及其他》、《續〈第五個現代化——民主及其他〉》、《民主的限度?!——駁北京市委會議精神》、《再續⑯《第五個現代化——民主及其他》》、《人權、平等與民主——評述〈再續第五個現代化〉的內容》、《二十世紀的巴士底獄——秦城一號監獄》、《要民主還是要新的獨裁?》幾篇最爲重要。這幾篇文章，意見獨到，鞭辟入裏，辯才無礙，都是出色的論政文字。

這些文章如何出色，要經過比較才看得清楚。

遠東時事評論社一九八九年出版的《民主中華——中國民運文集》(增訂版)⑰，厚達五百多頁，收錄了魏京生的《第五個現代化——民主及其他》、《續〈第五個現代化——民主及其他〉》、《再續〈第五個現代化——民主及其他〉》、《要民主還是要新的獨裁?》幾篇，也收錄了「鳴放」時期到一九八九年六四大屠殺後的民運人士的文章。從五十年代開始，一直到魏京生出現之前，最敢言的民運人士，也只是在馬列主義、毛澤東思想的基礎上談民主。例如五十年代的譚天榮、林希翎，敢批評毛澤東的某些見解⑱，看出了中共社會的一些毛病，已經難能可貴。在毛澤東殘酷專政的年代，能夠如此敢言，冒著被捕、繫獄的危險，需要極大的勇氣和獻身精神，值得中國人民的尊敬。不過這些民運前驅，也許因爲受了時代的局限，討論問題時仍肯定馬克思主義。到了七十年代，在李一哲大字報《關於社會主義的民主與法制——獻給毛主席和四屆人大》裏，李正天、陳一陽、王希哲、郭宏志間接批評了毛澤東，不過討論問題時仍以馬列主義、毛澤東思想爲基礎。用中國大陸今日的術語說，魏京生之前的民運人士，仍在「體制內」尋求改革。到了魏京生，中國民主運動才獲得飛躍的大突破，就像幾十萬年一直以四腳爬行的人類突然站了起來，改用兩腳走路一樣；又像物理學從牛頓空間進入了愛恩斯坦空間。魏京生的文章中，睿智、灼見、眞知，以至石破天驚的言論，比比皆是：

> 中國人民在幾十年內緊跟在「偉大舵手」後邊用「共產主義理想」做畫餅，就著「大躍進、三面紅旗」的止渴梅，勒緊了褲腰帶，勇往直前，三十年如一日地得到了一個經驗教訓：這三十年大家都好像猴子撈月亮一樣，怎麼能不一場空呢？（《第五個現代化——民主及其他》）⑲
>
> 現在人民須要反省一下，沒有毛澤東的個人獨裁，中國人是否也必然會落到今天這一個地步。（《第五個現代化——民主及其他》）⑳
>
> 而中國人民即使談論一下已經死去的「偉大舵手」毛澤東、「歷史上絕無僅有的偉

人」毛澤東，監獄的大門、各種預想不到的厄運就在等待著他們，對比之下，社會主義的民主集中制與資本主義的「剝削階級民主」眞是有天壤之別呀！（《第五個現代化——民主及其他》）㉑

「夠了！」斯大林和毛澤東的追隨者們也在說，「但是資本主義國家也有貧民窟嘛！」

這個問題可以由人們自己找答案，美國的貧民窟是否比北京崇文飯店後邊的工人住宅區更骯髒、破爛、擁擠。（《續〈第五個現代化——民主及其他〉》）㉒

我們想請問煽動抓人的政府大員們：你們使用手中的權力是否合法？我們也想請問華主席和鄧副主席：你們佔據總理和副總理的職位是否合法？我們想了解一下：以副總理和副主席的身分，而不是以法院和人民代議機構的名義宣佈抓人，這種行為是否合法？我們進一步要問：按照中國的哪條法律，「壞人」這個名詞就構成犯罪？到底什麼標準算是壞人？要以誰的看法為標準？這幾個最簡單的問題不明確，在中國就沒有法治可言。（《要民主還是要新的獨裁》）㉓

在這些文章中，魏京生大膽而徹底地否定了馬克思、毛澤東，毫不模稜地肯定「資本主義民主」，清楚俐落地指出鄧小平、華國鋒的統治沒有法律根據。在這些文章中，魏京生把民主、法制、人權的觀念帶進了另一度空間，跳出了譚天榮、林希翎、李一哲的範疇，遙呼日後方勵之徹底否定共產主義、毛澤東思想的言論；是中國民主進程的大飛躍，是英語所謂的 quantum leap，在現代中國有劃時代的意義。至於魏京生先知先覺的地位如何崇高，魏京生論點的價值如何重大，就要等民主中國成立後才能全面評估了。由於作者熟讀馬、恩、列、斯、毛的著作，能切身體驗百姓的疾苦，對中國的政治、社會、經濟、法律有全面的研究，所以這些文章無論談到哪一方面的理論，都能深中肯綮。一些在中共統治下大家視爲理所當然或習以爲常的荒謬論點，一經魏京生的銳目諦觀，馬上無所遁形，紛紛在義正詞嚴的駁斥下瓦解。例如擁護中共的人（包括美國某些華裔學者）都喜歡說美國也有貧民窟，美國不見得比中國大陸好，並以此難倒了不少提倡自由民主的人。這似是而非的遁詞，在魏京生的筆下不堪一擊：「這個問題可以由人們自已找答案，美國的貧民窟是否比北京崇文飯店後邊的工人住宅區更骯髒、破爛、擁擠。」

許行在《中國民辦刊物彙編》的代序——《中國民刊的崛起和掙扎圖存》——中說：

目前，這個新的啟蒙運動和民主運動主要以年輕的工人和幹部子弟為骨幹，他們受到三十年來封閉環境的禁錮，尤其是在十年文革中失去了正常的教育機會和充分文化薰陶的滋潤，未曾像五四運動的先驅者那樣才華風發，可是也閃爍著若干智慧的光芒。更重要的是，他們的勇氣遠超過五四運動的先驅者，這因為五四運動是從軍閥割據、統治者分裂的環境底下誕生的，而現在的新啟蒙運動和民主運動，所面對的卻是一個史無前例集中的政權。㉔

就大多數民運人士而言，這一論點完全正確；拿來形容魏京生卻須要稍加修正。因爲魏京生儘管在極度封閉的環境中長大，卻表現了驚人的睿智；而閃耀在魏京生文章中的才華和智慧，也非五四運動的先驅所能企及。魏京生的卓識，足以遙應穆勒、孟德斯鳩、傑弗遜等歐美先賢。魏京生讀過哪些書籍，有沒有受過歐美先賢的影響薰陶，筆者不得而知；但他在文章中論政治、論社會、論經濟、論人權、論法治時所表現的眼光、襟抱，卻是許多飽讀政治學、經濟學、社會學的學者都望塵莫及的。魏京生本人說得好：「我十六歲的時候，正是一九六六年文化革命爆發的時候。按照中國正常的學習階梯，我正好應該在這一年初中畢業。文化革命的爆發打亂了一切秩序，包括正常升學。雖然如此，我覺得文化革命的動亂給我們這一代年輕人思想上的益處，可以抵償不能繼續升學帶來的損失。因爲在這動盪的年代中，人們被迫放棄了頭腦中的迷信和偏見，被迫不斷地審查他自己的看法和思想方法。從而有可能眞正客觀地分析一切事物。這在一般情況下是不可能作到的。」㉕的確，經過「文革」煉獄的煎熬，魏京生終於得到了罕見的睿智，可以輕易看穿馬、恩、列、斯、毛的迷障，感召、啟發了許多爲中國探索出路的人。

魏京生不但有睿智，而且有十分清醒的頭腦。魏京生思路之清晰、眼光之銳利、邏輯之縝密，遠遠超越了現代的許多思想家、政論家。要證明魏京生思路清晰、邏輯縝密，引述短短的一兩段文字是不够的，我們必須細讀全篇。魏京生清晰的思路、縝密的邏輯，不但見諸《探索》所發表的一系列文章，而且還見諸他在中共「法庭」上提出的辯護詞。

魏京生的文章，可以要言不煩，單刀直入；可以乘語勢、乘一連串的反詰和其他種種修辭技巧，一浪接一浪地摧毁反方的謬誤，把共產黨的謊言、共產制度的殘暴，以及一切不合理的現象無情揭露。他的筆，或點或刺，或砍或劈，或以雷霆萬鈞之勢轟擊。魯迅的雜文，一直享有「匕首」、「投槍」的美譽。魯迅也會刺，可是魯迅的文章缺乏魏京生文章中的壯闊波瀾，更缺乏魏京生這一層次的正氣。這一點也許與作者的人格有關。老實說，魯迅文章所流露的人格是頗爲小氣的，所表現的心胸也頗爲狹隘。有些人說，魯迅如果活在一九四九年之後的中國大陸，以他的正直敢言，可能會遭到迫害致死。這些人有這種論調，是假設魯迅在中國「解放」後會繼續抨擊社會不合理的現象，抨擊執政黨的殘暴獨裁。魯迅在中國大陸「解放」之前就去世了；在「解放」後會如何表現，後人只能猜測。「解放」後，他會變成郭沫若呢，還是魏京生？誰也不能肯定。不過看他的文章和文章中表現的人格，他似乎勇於對抗小惡、中惡，見了大惡或超惡就乖乖地接受籠絡、統戰，賣力地當大惡、超惡的打手，爲大惡、超惡製造輿論，勇猛地攻擊小惡、中惡。也就是這個緣故，他給中共的統戰「統」去了後，爲了在主子面前立功，就跳出來扮演猛士，攻擊頗爲自由的「舊社會」。後人或眼睛不察，或頭腦懶惰，或人云亦云，總愛把他那管取巧的筆歌頌成阿波羅刺向大黑暗的金槍，不亦謬乎？魯迅的「匕首」與「投槍」，在頗爲自由的「舊社會」裏，的確可以任意投擲，爲他賺個「猛士」之名；在「解放」後的中國大陸，在「紅太陽」萬丈光芒的照射下，這些「投槍」恐怕都要變成銀樣鑞槍頭。也正是這個緣故，抨擊「舊社會」時勇不可當的「英雄」、「猛士」，「解放」後都乖乖地聽黨和毛主席的話，不但不敢說半個「不」字，而且還要賣力地歌功頌德。「解放」後，中國進了理想國嗎？當然不是，只因爲這些「英雄」、「猛士」懂得取巧，在容許人罵的「舊社會」擲「投槍」，當起了「英雄」、「猛士」罷了。當然，將來的史家要「論功行賞」，看哪一個文人在「促進」神州進入「新社會」的共業上「貢獻」最大，魯迅肯定會高居榜首。在「新社會」，在「解放」後的中國，只有魏京生這一層次的人，才敢挺身而出。既然敢挺身而出，其勇氣、其氣魄自然不是那些爲中共製造輿論、助中共建立「新社會」的「勇士」所可比擬的。

姚文元和梁效[26]的筆桿，在「文革」時期也威風過一陣子，而且也頗爲有名。姚文元的《評新編歷史劇〈海瑞罷官〉》，替毛澤東打響了「無產階級文化大革命」的第一炮，在「文革」史上居功至偉。不過姚文元和梁效的文字，像共產黨的許多文字一樣，兇悍有餘，足以服人的道理不足，只是文字的暴力罷了。因此二者也遠遠比不上魏京生。

魏京生的文章，往往在發端部分就能變化開闔。在中共「法庭」上的辯護詞中，他提綱挈領，一開始就以英語文體家所謂的提綱句（topic sentence）出擊，把整篇的題旨說明：「北京市檢察院分院起訴書所提到的罪狀，我認爲是不能成立的」（《魏京生在法庭上的辯護詞》）[27]。有時候，在記述文章中，他開始時可以欲揚先抑，平平道來。例如他的《二十世紀的巴士底獄——秦城一號監獄》，談的是世界上數一數二的黑獄，開筆時卻首先把讀者帶進優美的風景區：「如果你乘車在北京郊區昌平縣的公路上行駛，你很快便會發現，一處風景如畫的療養區，這就是有名的溫泉——小湯山療養院，傳說慈禧太后常到這裏來沐浴」[28]。讀者看了可怕的題目，心理上正準備看驚心動魄的發語，不料魏京生的筆勢一個急降，在讀者眼前展現寧謐美麗的風景。讀者大感意外之餘，自然會追讀下去，然後聽作者娓娓道來，越轉越深，最後才深入可怕的現實。

在這兩種開筆之外，作者還可以落筆就不留情，以鋒利的字劍句刀直戳敵人：

從前一篇《第五個現代化》貼在這裏後，周圍出現了一些頗表不滿的小紙片，其中竟有一人署名曰：「焦大」，這不禁使人聯想到「奴才」二字，而且這想像如旁觀者的評語一樣，也帶著「可憐」的標籤。中國現代語言中喜歡用「業餘」這個名稱，我們也暫且叫他作「業餘」奴才吧！（《續〈第五個現代化——民主及其他〉》）㉙

這樣犀利的詞鋒，不是像魯迅的「投槍」那樣，光拿來刺小惡的；它的矛頭，能夠毫不模稜，直指共產黨和毛澤東：

解放後的幾十年中人民勒緊腰帶，拚命的幹，也確實創造了許多的財富，這些財富都到哪（兒）去了？有人說：拿去餵肥了像越南這樣的較小型號的獨裁政權，有人說餵肥了林彪江青這樣的「新生資產階級分子」，這都對，總而言之，它沒有落到中國勞動人民的手裏，這些財富不是被大大小小的手中有權的「一類政治騙子」揮霍掉了，就是被他們賞賜給了越南、阿爾巴尼亞這類與他們志同道合的混蛋們。毛澤東臨死前為了老婆向他要幾千塊錢還難受過[30]，他把中國人民的血汗錢幾百億地扔了出去，誰發現他心疼過？而且這還是在中國人民勒著腰帶上街討飯來搞社會主義的時候。跑到民主牆來拍毛澤東馬屁的人，你們既然睜著眼睛為什麼就看不到這些？恐怕是有意看不見這些吧？假如真看不見，請諸位把寫大字報的功夫用來跑跑北京站、永定門，或在街上注意一下上訪的外地人，問問他們在外地要飯是否也算稀罕事，我想這些要飯的不一定也想把雪白的大米去支援什麼「第三世界的朋友們」吧！可是他們的意見重要嗎？可悲的是在我們這個人民共和國裏，只有那些吃飽了沒事，看書寫字過神仙日子的人才有支配的權力，人民難道沒有最充分的理由把權力從這些老爺們手裏奪過來嗎？（《第五個現代化——民主及其他》）[31]

在這段文字中，作者對受苦的老百姓致以深切的同情。父親訓斥時不與父親吵嘴的平和青年，看見中國人民被禍國殃民的獨夫蹂躪到這個地步，再也忍受不了，於是發其正義和大勇之怒，無情地鞭撻獨夫的倒行逆施。

如果魏京生像某些人那樣，在毛澤東死後，按新任黨中央所定的調子大罵「四人幫」，大罵「十年浩劫」，大有可能當「英雄」——一個有「勇氣」狠打死老虎的「英雄」。然而，他沒有這樣取巧；他的詞鋒，直指意氣風發、控制著幾百萬槍桿子的鄧小平。我們只要看看他的《要民主還是要新的獨裁？》，就知道他並非魯迅一類人物：

誰鎮壓這場眞正的人民運動，誰就是名符其實的劊子手。用不著等待歷史的裁決，人民心中的法庭馬上就將判定他的罪行。這種判決是最嚴厲的、不可更改的判決。這個法庭的力量可能因為暫時力量對比的懸殊，而不能馬上顯示出來，但歷史將證明它的力量是無敵的。不相信的人可以回憶一下一九七六年四・五運動時的情形，看看當時被人民心中的法庭作出判決的人，即使是最有權力的，是否逃脫得了制裁？

但是有沒有不怕這種制裁的人呢？當然有，而且還不少。許多當權者為個人手中握有的權力所陶醉，常常會忘記這一點，還有那些搞個人獨裁的野心家出於他們卑鄙的目的，也會利用人民的輕信而無視這一點。例如鄧小平副主席在三月十六日對中央各部委領導幹部的講話中，就企圖利用過去人民對他的信任來反對民主運動。

……

人民必須警惕鄧小平蛻化為獨裁者。鄧小平在七五年復職後似乎表現不遵循毛澤東的獨裁專制，要以人民利益為重。所以人民羣眾便熱烈地期望著他能把這種政策實行下去，並且願以鮮血來支持他（如天安門廣場事件）。……他的行為已表明他要搞的不是民主，他所維護的也不再是人民的利益，他正在走的是一條騙取人民信任後實行獨裁的道路。㉜

鄧小平藉民主力量復出，然後鎭壓民主運動的做法，熟悉一九七六年四五運動以後的歷史的人，都知之甚詳。魏京生寫這篇文章時，「天塌下來」也可以頂住的胡耀邦和趙紫陽還沒有被打倒，六四天安門屠城事件仍沒有發生。現在回顧，讀者會瞿然驚覺，魏京生的眼睛不僅可以盱衡國際形勢，看破封閉中國大陸的鐵幕（有的人稱爲「竹幕」），而且還可以望入未來，已經具備先知的條件了。當時，鄧小平是「鄧大人」、「鄧靑天」，「鄧旋風」席捲全世界，把千百萬天眞的人捲離地面。魏京生竟預言了十年後發生的事；他文中「劊子手」一詞，簡直有點像希臘悲劇中阿波羅的預言。如此驚人的洞察力，只有先知一類人物才會有。當然，由於這篇文章，魏京生也付出了十分高昂的代價——十五年的黑獄折磨。

在日常生活中，兩方辯論，發怒的一方通常是理虧的一方，更何況出動公檢法的暴力專政，抛出「反革命」、「背叛祖國，向外國人供給重要軍事情報」㉝等莫須有罪名！不過魏京生看通看透了歷史，有無限堅強的信念，知道歷史的法庭會審判那個「審判」他的人，所以在文中充滿自信地說：「人民心中的法庭……的力量可能因爲暫時力量對比的懸殊，而不能馬上顯示出來，但歷史將證明它的力量是無敵的。」也就是這個緣故，他在獄中受了十四年的折磨，仍堅強如故，一直堅持自己的信念；也就是這個緣故，其他的政治犯，由於中共迫於國際政治形勢，紛紛獲得假釋，而魏京生仍然被囚。不過，人民心中的法庭已經作了裁決：在魏京生一案中，勝訴的是無權無兵的魏京生，敗訴的是軍權在握的鄧小平。

智、仁、勇三種品質，在魏京生的爲人，以至他的文章中已展露無遺。文學家的魏京生，則主要在他的文字中展現。魏京生文字之所以動人，原因之一，是他的體驗深入而豐富，所以許多片段，像淩耿的《天讎》那樣，光把事實客觀展示，就已經動人、感人，叫讀者欲罷不能。在他的《從十六歲到二十九的思想發展（之一）》和《二十世紀的巴士底獄——秦城一號監獄》裏，這類例子俯拾即是。前者提到河西走廊的一段，上面已經引述；後者說秦城監獄的種種可怕情形，也動魄驚心：

> 進這扇鐵門的多數是些不信神的人，出這扇鐵門的人都能體會到「現代化」地獄的滋味。因此，有人戲稱這扇門是「無神論者進入地獄的大門」。

……

給獄方留下不好印象的犯人就施以各類懲罰，包括停止一切活動，如放風、室內走動等。有時長達半年不放風。例如前中國人民志願軍副總參謀長、中國人民解放軍高等軍事學院副院長解方，在半年以後給他放風時，已經走不動路了。

……

給犯人服用大量的，足以使其意志失去控制的藥物，這些藥物有時是以犯人精神失常為藉口服用的。有時則把犯人送到醫院去「治療」。有人回憶接受這種治療後，在相當一段時間內（如服藥後一兩天）會產生禁不住的自言自語，甚至在吃飯時也不能停止。當然這些話是會被全部錄音的。以便做下一次審訊的材料。（《二十世紀的巴士底獄——秦城一號監獄》）[34]

魏京生的文章，除了正面攻堅外，還會用冷冷的語調側擊旁刺：「歷史的規律是：舊的不去，新的不來。舊的既然已經去了，人們自然要拭目以待。老天不負有心人，他們終於等來了一個偉大的諾言，叫做『四個現代化』」（《第五個現代化——民主及其他》）[35]。「民主的社會制度是一切發達——或叫現代化——的前提和先決條件，沒有這個先決條件和前提，不但進一步發展是不可能的，就連保持現有發展階段的成果也是很難做到的，我們偉大的祖國，三十年來的經歷，就是一個最好的證明」（《第五個現代化——民主及其他》）㊱。

在這類文字中，魏京生用冷嘲的語調增加了詞鋒的力量。

側擊之外，魏京生還善於運用語氣助詞。在下面幾句話裏，一個「嘍」字，強烈地傳遞了作者的鄙夷；同時順勢回應了文章開頭一段對「業餘奴才」「焦大」的諷刺，有一石二鳥之效：「你喜歡自由的生活還是喜歡受奴役的生活呢？這對大多數人來說是一個完全不須要問的問題，當然業餘奴才要除外嘍」（《續〈第五個現代化——民主及其他〉》）㊲。

由於魏京生眼光獨到，思想精闢，又善於駕馭文字，所以常能發警策之語，增添文章的姿采，勝過許多政論家。他在中共的「四個現代化」之外，提出「第五個現代化」，就表現了創造警策語的本領。而類似的例子，在他的文章裏多不勝數：「在這個基礎上，斯大林和希特勒握手簽訂了《德蘇條約》；在這個基礎上，社會主義國家和國家社會主義舉杯瓜分了波蘭」（《第五個現代化——民主及其他》）㊳。「西方的人民有許多的自由還不滿足，中國的人民，有許多的紀律，還有人要給增加」（《續〈第五個現代化——民主及其他〉》）㊴。「在我們的國家裏並不存在無產階級的專政，名義上的無產階級專政被少數獨裁者用做了專政無產階級的工具」（《二十世紀的巴士底獄——秦城一號監獄》）㊵。

在魏京生的作品裏，讀者還可以看到許多引號各就其位，負起冷嘲的任務：「最大的反動派就是最大的反民主主義者，這從德國、蘇聯以及『新中國』的歷史中可以看得很明白」（《第五個現代化——民主及其他》）[41]。「靠馬克思主義的『最終的、最完整的、最全面的、最正確的……』的哲學所不能解決的這個問題，是可以解決的嗎？當然可以」（《再續〈第五個現代化——民主及其他〉》）[42]。

一九四九年中共在大陸奪權後，許多人遭到迫害，要逃跑到香港當難民。可是他們說話或寫作時，由於不懂得用引號，仍常常不自覺地歌頌中共：「我是中國解放後逃跑到香港的。」結果聽者會覺得：「這些人獲得解放還要逃跑，簡直不識擡舉。」這些人，要仔細研究魏京生所用的引號。

一九四九年到目前，中國大陸的民運人士中，魏京生是最善於運用修辭技巧的一位。魏京生所用的修辭技巧，除了上面提到的警策，較顯著的還有設問、排比、映襯、對偶、層遞[43]。這些技巧在魏京生的文章中層出不窮，與內容配合無間，發其所當發，止其所不得不止，大大增加了文章的力量和氣勢。例如在下面幾段，魏京生先提出一連串的設問句和盡人皆知的答案，然後乘無比凌厲的語勢長驅直進，把中共幾十年苦苦經營的假象一舉摧毀：

但是現在人民有民主嗎？沒有。人民不想當家做主人嗎？當然想。（《第五個現代化——民主及其他》）[44]

「夠了！」業餘奴才們也按捺不住了，「資本主義國家有娼妓呀！」這回倒要讓他們去請教一下自己人——公安局，在中國到底有多少暗娼，在蘇聯到底有多少暗娼，還有多少姑娘在隨時準備「伺候」首長們，有多少姑娘為了不願「伺候」首長而被分配到遠方。……

這些就是無數先烈為了它流血犧牲的理想社會嗎？這些就是千百萬勞動人民衷心盼望的社會主義嗎？這些就是歷史發展的必然規律嗎？（《續《第五個現代化——民主及其他》》）[45]

有時候，魏京生會同時採用兩種或兩種以上的修辭技巧。下列一段，就用了排比和層遞：

歷代各種不同的獨裁統治者雖然使用各種不同的語言和方式，但都這樣教導他的子民們：因為人類是社會的，所以社會的利益高於一切；因為社會的利益是共同的，所以需要集中的管理或叫統治；因為少數以至一個人的統治是最集中的，所以獨裁是最理想的方式。因此「人民民主獨裁」就等於「偉大舵手」的獨裁。因此「偉大舵手」的獨裁就是「人類歷史幾百年，中國歷史幾千年才出一個」的無比英明的救星。」（《續第五個現代化——民主及其他》）㊻

下列一段，既用設問，也用映襯、對偶：

有人看到這兒也許會不無好意地指出，這不是和電影《追捕》裏說的差不多嗎？不，差得多呢！《追捕》是電影，秦城是現實。《追捕》裏的壞人是偷偷摸摸幹的，最後還受檢查機關的審判。秦城監獄的壞人是明目張膽地幹，是政府的一部分……（《二十世紀的巴士底獄——秦城一號監獄》）㊼

一段文字中，三種辭格同時發揮作用，猛烈地推動了筆勢。

有時候，作者又會層層進逼，步步深入，以排山倒海之勢向敵方猛攻：

又一個新的諾言：因為領袖是偉大的，所以迷信一個領袖比民主更會給人民帶來幸福，人民半被迫半自願地聽信了這個諾言直到今天，但他們更幸福了嗎？更繁榮了嗎？更富有了嗎？不可掩蓋的事實是他們更貧困了，更不幸了，更倒退了。為什麼會這樣？這是他們第一個要考慮的問題。現在怎麼辦？這是他們第二個要考慮的問題。現在根本不需要評價毛澤東幾分功勞、幾分錯誤，當初他提出這個說法只是為他自己辯護，現在人民須要反省一下，沒有毛澤東的個人獨裁，中國是否也必然會落到今天這一個地步。是中國人笨，中國人懶，中國人不想過更富裕的生活，中國人天生不安分的嗎？正相反，那為什麼？答案是很明顯的，中國人不該走他們走過的這條路，他們為什麼會走這條路？不正是那個自賣自誇的獨裁者引導他們走上的這條道路嗎？不想走就專政你，人民聽不到不同的聲音，還以為天下只有這條可走的路呢。這不叫欺騙嗎？這裏邊也有幾分功勞嗎？（《第五個現代化——民主及其他》）48

文中的推理緊湊嚴密，反詰之後是結論，結論之後又是反詰；一浪未平，一浪又起。其詞鋒，其筆勢，其互相呼應的句式，其繁富多變的修辭技巧，其排山倒海的氣魄，完全是韓潮蘇海的格局，使人想起莎士比亞《凱撒大帝》裏安東尼在凱撒遺體旁的演說。唯一不同的地方，是安東尼的「道理」邪正難分，運用修辭技巧，是爲了煽動羣眾，藉熾熱的激情摧毀布魯圖斯冷靜的邏輯，以達到自己的政治目的。魏京生則凛然站在正方，用正理駁斥反方；迭變的筆鋒下浪濤翻騰，挾雷霆萬鈞之勢摧毀了獨裁者頑固的堡壘。

這種條分縷析、步步深入、層層進逼、把反方論點的荒謬逐一暴露，然後一舉粉碎的辯才，在魏京生受「審」時更發揮得淋漓盡致。魏京生在「法庭」上的辯護詞一氣呵成，讀者要從頭到尾細讀，方能充分欣賞其邏輯之周密、理路之清晰、結構之謹嚴、詞鋒之淩厲、舉例之精闢、眼光之獨到。讀魏京生上乘的文章，頗像觀常山之陣：逐段細賞，固然會看到將士的驍勇抖擻；但要欣賞整個陣勢的周密呼應和壯觀氣魄，就必須全覽。魏京生熟讀馬、恩、列、斯、毛的政治、經濟著作，知己知彼，駁斥「公訴詞」中的「反革命」之說，乃能舉重若輕。辯護詞的收筆，在層層緊扣的段落後戛然而止，明快而有力，使人想起貝多芬《第五交響曲》的結尾。

據說魏京生受「審」前，中共問他需要不需要辯護律師。魏京生說不需要。魏京生不需要辯護律師，可能有三個原因：第一，中共法制下的辯護律師並沒有獨立地位，往往就是中共的代理人，責任不是替被告辯護，而是效忠「偉大」的黨，和「公訴人」、「法官」緊密默契、緊密合作，設法構陷「被告」，爲黨的「無產階級專政作出貢獻」。第二，即使律師出於良知，想眞正替魏京生辯護，也未必有勇氣這樣做，因爲替魏京生辯護後會有麻煩：輕者是保不住飯碗；重者是步魏京生後塵，變成「反革命」，和魏京生一起在黑獄中受折磨。魏京生受「審」前後，傳媒有這樣的報導：中國大陸某些地區，的確有律師響應「健全法制」的號召，毅然替某些被告辯護，但事後竟遭公安人員逮捕毒打。魏京生熟悉中共的法制，自然不會天眞地找律師，幻想自己會獲得公平審判的。第三，魏京生知道，即使有獨立的律師，出於良知，敢全力爲他辯護，律師的代辯效果也未必勝得過他本人的自辯。因爲中國大陸未必會有一個律師，思路能像魏京生那麼淸晰，詞鋒能像他那麼犀利，而且又精熟馬、恩、列、斯、毛的著作，能活用政治、經濟、社會、法律、人權的理論馳騁申辯，和中共「法庭」的「法官」、「公訴人」比較，猶成年人之於小孩。縱觀魏京生的文章，筆者有這樣的感覺：魏京生不但是大智、大仁、大勇，而且還是個天生的辯論家、演說家。這樣的一個「被告」，還需要什麼律師替他辯護呢？魏京生本身就是個一流的律師。魏京生一案，如果在自由民主的法治國家審理（這只是假設，因爲自由民主的法治國家根本不會有這樣的冤案），魏京生可以輕易辯倒控方，可以在半小時之內使控方，以至公檢法機構的有關人員變成構陷無辜的罪犯。魏京生受「審」時不過二十九歲；二十九歲就到了大智、大仁、大勇、大辯的境界，他的父親也該引以爲榮了。

魏京生的文字當然還不是十全十美。也許由於他在中國大陸出生，在中國大陸成長，長期耳濡目染中共報章、雜誌的文字，因此有時候也會中語西說。例如地道中文不用被動語態時，他會用被動語態：「人們所希望的民主與自由甚至連提也不被提起了」（《第五個現代化──民主及其他》）[49]；「於是人權問題作爲社會制度的問題被人們加以思考」（《人權、平等與民主──評述〈再續第五個現代化〉的內容》）[50]。像大陸的許多作者一樣，他也經常用「性」這一詞綴構成抽象名詞：「如果你不承認別人的權利，那麼請你證明你的權利的合理性吧」（《二十世紀的巴士底獄──秦城一號監獄》）[51]。在已經是複數或不需複數詞綴的名詞後，他常會加一個多餘的「們」字：「民主牆的諸公們」（《第五個現代化──民主及其他》）[52]；「有人以爲拿舊的東西可以騙住頭腦簡單的中國青年們」（《續〈第五個現代化──民主及其他〉》）[53]。偶爾，魏京生的文章也會有累贅的結構：「他們的理論祖先就證明了平等的不可能存在」（《續〈第五個現代化──民主及其他〉》）[54]。有的句子由於過長或過於糾纏，唸起來也頗爲彆扭：「人類的一切個人在屬於人類的經濟條件面前有同等享用的機會和同等使用的權利與義務」（《續〈第五個現代化──民主及其他〉》）[55]。這類句子，在中國大陸出版的馬、恩、列、斯的中譯本中最爲普遍，魏京生雖是大智型人物，但長期浸淫於這類文字中，受到某一程度的沾染，是可以理解的。此外，不知是因爲傳抄、印刷錯誤，還是由於作者疏忽，文章中某些標點符號也可以用得準確些。

四

不過上述的小疵，和魏京生文章的大醇比較，是小得不成比例的。因此，將來筆者如果有機會編一本《中國現代散文精選》，一定不會錯過魏京生的文章。有一天有誰編《中國民主言論引語詞典》，而又邀筆者摘錄現代中國民運人士的精彩引語，魏京生文章中的珠璣，也必定是筆者撿拾的對象。

在一首叫《無題》的少作中，魏京生說過：「有人漫說作文難，椎心嘔血又咳痰。我文若得常發表，日供三稿仍覺閒」[56]。在一九七八至一九七九年短短的幾個月內，魏京生在逆境中寫成多篇論民主、斥獨裁的文章，篇篇都如他的筆名「金聲」一樣，落地作「金」石「聲」，可見他的創作力一如他在少作中所述，「日供三稿仍覺閒」。由此看來，魏京生不僅是智、仁、勇兼備的民主鬪士，值得海內外的炎黃子孫景仰；而且也是個才華橫溢的作家，其作品值得喜愛散文的讀者細細欣賞。

一九九三年五月四日

註釋

❶ 有關魏京生的生平，可參考華達（Claude Widor）編的《中國民辦刊物彙編》第一卷（巴黎，香港：法國社會科學高等研究院、香港《觀察家》出版社聯合出版，一九八二），頁三八－三九；路林的《發刊與停刊——回憶參加〈探索〉工作的過程》，同書，頁一八一－一八八；《「如此」的反革命分子——我所了解的魏京生、楊光》，同書，頁二〇〇－二〇四；崇鳴的《關於魏京生的對話》，同書，頁二〇五－二〇六；崇明的《關於魏京生的二、三事》，同書，頁二一七；《〈關於金生的對話〉作者的一封信》，同書，頁二四一－四二；魏京生的《從十六歲到二十九歲的思想發展（之一）》，同書，頁二六九－八四；遠東時事評論社出版的《民主中華——中國民運文集》（香港，一九八九，增訂版），頁四九〇－九一。魏京生的爲人，以及他在中國民主運動中的地位，筆者也有文字詳加討論。請參閱拙文《爲中國的明天受苦——魏京生被捕十周年》，《星島日報》，一九八九年三月二十九日，第二十九版，「星辰」；一九八九年三月三十日，第三十一版，「星辰」。

❷ 這些文字，都已收錄於華達編的《中國民辦刊物彙編》第一卷裏。

❸ 以上資料，可參看華達編的《中國民辦刊物彙編》第一卷各文章之下的編者按語。

❹ 《中國民辦刊物彙編》，第一卷，頁四一。

❺ 《中國民辦刊物彙編》，第一卷，頁二六九－七〇。

❻ 參看魏京生的《從十六歲到二十九歲的思想發展（之一）》。

❼ 參看路林的《發刊與停刊——回憶參加〈探索〉工作的過程》（《中國民辦刊物彙編》，第一

卷，頁一八一—一八八）、《「如此」的反革命分子——我所了解的魏京生、楊光》，同書，頁二〇〇—二〇四；崇明的《關於魏京生的二、三事》，同書，頁二一七。

⑧ 「審訊」於一九七九年十月十六日在北京市「中級人民法院」舉行。紀錄根據錄音整理，曾在香港的雜誌上發表，現收錄於魏京生等著的《北京之春詩文選——「民主牆」往何處去》（平鳴出版社，一九八〇年一月），頁一八八—二五三。

⑨ 一位讀者，曾投書《探索》雜誌，說魏京生「是中國歷史上像李大釗、陳獨秀、毛澤東一樣偉大的人物」。李大釗、陳獨秀、毛澤東等人是否偉大，在此姑且不論；但由此可見，早在一九七九年，已經有人視魏京生爲偉人，給他的素質極高的評價。參看《〈關於金生的對話〉作者的一封信》，《中國民辦刊物彙編》，第一卷，頁二四一。

⑩ 路林，《「如此」的反革命分子——我所了解的魏京生、楊光》，《中國民辦刊物彙編》，第一卷，頁二〇一—二〇二。

⑪ 《中國民辦刊物彙編》，第一卷，頁二七二—七四。

⑫ 《北京之春詩文選——「民主牆」往何處去》，頁一九五。

⑬ 《北京之春詩文選——「民主牆」往何處去》，頁二一六。中共如何構陷、迫害魏京生，過去十多年已有許多人論及；《中國民辦刊物彙編》第一卷和《北京之春詩文選——「民主牆」往何處去》也有多篇文章反映，在此不再贅述。不過在本文所引的一段「審訊」紀錄中，「法官」完全是中共的代言人，是黨的專政工具，並不像民主國家的法官那樣獨立於政府之外。因此中共「法官」引述魏京生的文章時故意增刪，不完全依照原文。魏京生的《第五個現代化——民主及其他》的末段是這樣的：「今天，十二年後的今天，人民終於認識到了目標的所在，認清了鬥爭的

眞正方向，認出了他們眞正領袖——民主的旗幟。西單民主牆成爲他們向一切反動勢力所作鬥爭的第一個陣地，鬥爭一定會勝利——這已經是老生常談了，人民一定會解放——這是具有新意義的口號。還會流血，還會犧牲，還會遭到更陰險的暗算。但是民主的旗幟不會再被反動勢力的妖霧遮住了。讓我們團結在這一偉大而眞實的旗幟下，爲謀求人民的安寧與幸福，爲謀求人民的權利與自由，向社會制度的現代化進軍吧！」《中國民辦刊物彙編》，第一卷，頁五八。

⑭ 參看路林的《「如此」的反革命分子》，《中國民辦刊物彙編》，第一卷，頁二〇〇。

⑮ 《中國民辦刊物彙編》，第一卷，頁三一八。

⑯ 《中國民辦刊物彙編》，第一卷，頁一二〇—一二一。

⑰ 馬克思的文字，同樣有文學性，所以才能煽動千千萬萬的知識分子，令他們對其學說如癡如醉。翻開馬克斯的著作，讀者可以找到頗多煽動力極強的警策之語，諸如「宗教是人民的鴉片」；「工人階級失去的只會是鎖鍊；得到的卻是整個世界」。至於毛澤東，有詩人的才華，寫起論政治的文章，雖然有中語西說之弊，但用起口語和比喻都十分生動，比他的手下所寫的黨八股富文采。我們只要翻開《毛澤東選集》，就可以找到這類例子。

⑱ 參看譚天榮的《教條主義及其產生的歷史必然性》，《民主中華》，頁二—三；林希翎的《在北京大學五月二十三日的辯論會上的發言》，同書，頁四—七，《在人民大學五月三十日的辯論會上的發言》，同書，頁八—一四。

⑲ 《中國民辦刊物彙編》，第一卷，頁五一。

⑳ 《中國民辦刊物彙編》，第一卷，頁五三。

㉑ 《中國民辦刊物彙編》，第一卷，頁五五。

㉒《中國民辦刊物彙編》，第一卷，頁六四。

㉓《中國民辦刊物彙編》，第一卷，頁一六三。

㉔《中國民辦刊物彙編》，第一卷，頁二二六。

㉕《中國民辦刊物彙編》，第一卷，頁二六九。

㉖梁效是毛澤東和江青在「文革」時期的寫作班子，並不是一個人。

㉗《中國民辦刊物彙編》，第一卷，頁二八五。

㉘《中國民辦刊物彙編》，第一卷，頁一三九。

㉙《中國民辦刊物彙編》，第一卷，頁六〇。

㉚毛澤東剛死，「四人幫」被捕，華國鋒、葉劍英、汪東興、陳錫聯爲首的中共中央曾利用輿論，宣傳江青的劣性，說毛澤東病重，江青還苦苦逼毛澤東給她錢，逼得毛澤東哭了。是耶？非耶？恐怕只有毛澤東和江青知道。這樣的宣傳，雖然大大損害了毛澤東天神般的形象，當時卻有很多老百姓樂於傳播。

㉛《中國民辦刊物彙編》，第一卷，頁五四—五五。

㉜《中國民辦刊物彙編》，第一卷，頁一六〇—六二。

㉝中共「審訊」魏京生時公訴人的公訴詞，見《北京之春詩文選》，頁二二七。

㉞《中國民辦刊物彙編》，第一卷，頁一四〇—四三。

㉟《中國民辦刊物彙編》，第一卷，頁五〇。

㊱《中國民辦刊物彙編》，第一卷，頁五六。

㊲《中國民辦刊物彙編》，第一卷，頁六二。

㊳《中國民辦刊物彙編》，第一卷，頁五三。

㊴《中國民辦刊物彙編》，第一卷，頁六三。

㊵《中國民辦刊物彙編》，第一卷，頁一四七。

㊶《中國民辦刊物彙編》，第一卷，頁五七。

㊷《中國民辦刊物彙編》，第一卷，頁八〇。

㊸其實，在上面的許多引文中，魏京生已經大量採用這些修辭技巧了。有時候，同一個例子往往會採用一種以上的修辭技巧。比如「西方的人民有許多的自由還不滿足，中國的人民，有許多的紀律，還有人要給增加」（《續〈第五個現代化——民主及其他〉》）一例中，作者就同時採用了警策和映襯（有些修辭學家會稱爲「對比」）兩種辭格。

㊹《中國民辦刊物彙編》，第一卷，頁五二。

㊺《中國民辦刊物彙編》，第一卷，頁六四。

㊻《中國民辦刊物彙編》，第一卷，頁六一。

㊼《中國民辦刊物彙編》，第一卷，頁一四三。

㊽《中國民辦刊物彙編》，第一卷，頁五二—五三。

㊾《中國民辦刊物彙編》，第一卷，頁五〇。

㊿《中國民辦刊物彙編》，第一卷，頁一一四。

51《中國民辦刊物彙編》，第一卷，頁一四八。

52《中國民辦刊物彙編》，第一卷，頁五二。

53《中國民辦刊物彙編》，第一卷，頁六一。

54 《中國民辦刊物彙編》，第一卷，頁六四。
55 《中國民辦刊物彙編》，第一卷，頁六六。
56 《中國民辦刊物彙編》，第一卷，頁三四九。

《聽陳蕾士的琴箏》小釋

一九九〇年，香港教育署課程發展議會頒佈《中學中國語文科課程綱要》，選了好些當代中文文學作品，其中包括我的一首新詩——《聽陳蕾士的琴箏》。該詩於一九八二年寫成，描述我與散文家思果先生聽當代音樂家陳蕾士先生彈奏古琴、古箏的愉快經驗。《聽陳蕾士的琴箏》列入中國語文科課程時，我正在加拿大，收到香港多家出版社的信。各出版社除了向我索取有關陳蕾士、思果和我本人的資料外，還就作品提出多個問題，諸如：「可否談談該詩的寫作背景？」「陳蕾士當日所奏的樂曲叫什麼名字？」……

一九九二年八月返港後，仍有出版社的編輯、語文科老師、唸中國語文的同學，直接或間接向我提出各種問題。上星期出席市政局主辦的文學雙年獎文學座談會時，也有兩位朋友要我解釋《聽陳蕾士的琴箏》。由於我的作品並非座談會的主題，而我又不想「侵吞」聽眾和其他講者的時間，因此未能詳細作答。

過去一年，也讀過一些報導，得知讀者對這首詩的一些看法。比如說，在一個中學語文科老師的研討會上，一位講者指出，《聽陳蕾士的琴箏》頗爲艱深，中學生不容易理解。

西方某些文學理論家認爲，一首詩、一篇散文、一部小說，一旦完成，就像兒女長大成人，有獨立的生存權；他們的日常生活，甚至婚姻大事，都不再由父母作主。提倡「讀者反應理論」（reader-response theory）的學者也指出，作品的意義由讀者創造；就作品的詮釋而言，作家的角色不再像以前那麼重要。服膺解構批評（deconstructive criticism）的批評家更進一步，認爲所有作品都沒有固定意義，一切詮釋都會徒勞。

西方二十世紀的文學理論複雜紛繁，論爭不絕。對於朝起夕落的文學理論，我一向持靜觀開放的態度；可用者用之，不可用者棄之。對於部分理論，迄今我仍有保留；不過我卻贊成某些理論家的看法：作者不宜干預自己的作品；作者的詮釋未必是最可靠的詮釋。

在追述寫作背景一類工作上，作者無疑有頗高的權威；但說到作品的詮釋，作者未必是最佳人選。就我本人的詩而言，我無疑是父親；不過我這個父親一向開通；孩子長大了，就會讓他自立，不再干涉他的生活。由於這個緣故，我甚少討論或詮釋自己的詩。可是三年來既然一再有讀者促我「表態」，而有些老師又覺得《聽陳蕾士的琴箏》不易理解，那麼，我就一反過去的習慣，提供一些與寫作背景、寫作技巧有關的資料，給讀者參考吧。

我在香港中文大學工作時，常有機會和散文家思果相聚。有一次，我由思果介紹，認識了音樂家陳蕾士，並和思果一起應邀，到雍雅山房吃午飯，飯後到崇基書院的音樂資料室聽陳先生的琴箏。琴箏樂曲，我以前也聽過，卻以陳先生所奏的最出色。崇基的環境清幽，加上陳先生的技藝高妙，琴音中，我竟變成了現代的子期，彷彿置身世外。一九七四年，進中文大學工作以後，我一直認爲，中大有世間最美麗的校園；許多在世界各大學教過書的中大朋友，也有同感。我在中大工作時，頗像凡間散仙；而在崇基音樂資料室聽陳蕾士彈琴、彈箏，是散仙經驗的一部分。因此陳蕾士和思果兩位先生離港後，我仍忘不了當日的愉快經驗，於是寫了《聽陳蕾士的琴箏》一詩。

當日，陳先生奏了許多樂曲；有的舒徐清幽，有的急促激越；每首都有獨特的意境。我在詩中所寫的，是賞樂的綜合經驗，並不限於某一首樂曲。這種表現手法不算新奇，可以借小說和現代畫來說明。

小說家塑造人物，固然可以忠實描摹日常生活中的某一人；但也可以鎔數人或數十人的形象爲一體，創造綜合角色。描寫陳蕾士彈奏琴箏時，我也可以把焦點集中在一首樂曲之上；可是這樣一來，我就只能表現音樂家藝術的一面。熟悉西方現代畫的讀者，相信都看過畢加索、布拉克（Braque）等人的立體主義作品。在立體派作品中，同一平面可以表現人物的多面。比如說，畫家可以擺脫日常邏輯和物理局限，在畫布上繪出人物的正側兩面。根據日常邏輯，從某一特定角度，我們只能看見人物的正面或側面；不可能正側兩面同時看到。可是在藝術創作中，畫家卻可以像鍾肇恆的《英漢藝術詞典》所說那樣：「在畫面上將形體分解爲幾何切面，並互相重叠，同時表現物體的幾個不同方面，如人體的正側兩面同時表現。」既然現代畫有這樣的自由，爲了創造某些藝術效果，現代詩當然也可以擺脫日常邏輯的桎梏。也就是這個緣故，我在同一首詩裏，綜合描寫了當日的聽樂經驗，沒有自限於某一樂曲。這種表現手法，驟看似乎頗爲前衛；但和西方的現代藝術、當代藝術比較，已經十分保守了。

在中外的詩史上，寫樂曲的作品不計其數。以中國的古代爲例，李白、韓愈、白居易、李賀等大詩人都留下了傑出的作品。我寫《聽陳蕾士的琴箏》時，沒有特意和這些詩人較高下，但背後難免有他們的影子。「這些詩人寫音樂寫得這麼出色；現在我也寫音樂了，如何才可以別樹一幟，不致被困於他們的八陣圖呢？」動筆前，我曾這樣自忖。這種寫作態度，相信許多作者和表演者都有。作搖滾樂的，會想起披頭四；演京劇的，會想起梅蘭芳、余叔岩。那麼，我寫《聽陳蕾士的琴箏》時，想起李白、韓愈、白居易、李賀等前賢，不是順理成章嗎？正因爲我覺得古人撚著鬍子在背後監視，我才不得不全神貫注，設法在他們的王國外另闢疆土。其實，即使你不想到前賢，讀者看了你的作品，也會拿它與前賢的作品比較的。至於中外詩歌都涉獵的方家，更會把你的作品放在世界詩史的大傳統裏衡量。你寫了一篇講大鵬的散文，讀者就會拿你的散文和莊子的《逍遙遊》、李白的《大鵬賦》比較；你寫了一本神話、志怪或幻想小說，讀者就會把你的小說放在吳承恩的《西遊記》、托爾堅（J. R. R. Tolkien）的《指環之君》（*The Lord of the Rings*）旁邊細細端詳。當然，作者閉門造車，不理會前人，也可以自得其樂的；但創作時有適當的歷史感，總比沒有歷史感好。

在《聽陳蕾士的琴箏》中，我用了聯想手法，用了許多明喻、隱喻、借喻，以表現音樂的各種情調和意境。光就欣賞而言，音樂是最直接、最純粹的藝術；可是描寫起來，卻比其他藝術困難。要描寫烏蘭諾娃、瑪歌芳婷、奴瑞耶夫的舞蹈，達芬奇、米開朗琪羅、倫布朗、凡高，以至里什頓斯坦（Roy Lichtenstein）和奧爾頓堡（Claes Oldenburg）的畫，當然並不容易；可是要用文字形容魯賓斯坦的鋼琴、帕瓦洛提的嗓音，困難恐怕會更大。面對舞蹈或名畫，作者常能正面出擊；面對音樂，作者往往只能靠聯想和比喻去旁敲之，側擊之，迂迴曲折地包抄之。我寫《聽陳蕾士的琴箏》，用的就是旁敲側擊、迂迴包抄的策略。所謂旁敲側擊、迂迴包抄，就是運用聯想手法和明喻、隱喻、借喻等修辭技巧。

這一策略，不是我獨得之秘；李白、韓愈、白居易、李賀等先賢，早已用得精絕，令後人嘆爲觀止，嘆爲聽止。

先說聯想。無論是古人還是今人，聽了聲音或樂曲，都會有各種反應，產生各種聯想。在《曹劌論戰》一文中，士兵能「一鼓作氣」，大概因爲他們聽了鼓聲後，情緒開始變化，腦裏產生各種聯想。我第一次聽貝多芬的《莊嚴彌撒曲》，心中的眼睛看見萬丈金光在天宇馳騁。後來看狄士尼的一部電影，發覺導演也利用聯想來表現音樂；於是開始相信，在生理和心理的結構上，古人、今人、中國人、外國人，都沒有太大的分別；他們聽了音樂，都會產生種種聯想。而聯想手法，是描寫音樂的一大技巧。

至於比喻，中國古代的惠子、古希臘的亞里士多德、西班牙的奧爾特伽——伽賽特（Ortega y Gasset）都談過。他們的說法雖然不盡相同，但是在他們的心目中，比喻有十分崇高的地位。他們對比喻的看法，尤其適用於音樂的描寫。

由於聯想和比喻這麼重要，詩人描寫音樂時，就得乘比喻之駒，攀聯想之翼，否則就會處處受縛。

李白、韓愈、白居易、李賀等詩人，深諳個中道理，所以在詩中一再策比喻、驅聯想，遨遊軒翥於汗漫之外。請看李白的《聽蜀僧濬彈琴》：「爲我一揮手，如聽萬壑松」；韓愈的《聽穎師彈琴》：「昵昵兒女語，恩怨相爾汝。劃然變軒昂，勇士赴敵場。浮雲柳絮無根蒂，天地闊遠隨飛揚。喧啾百鳥羣，忽見孤鳳凰。躋攀分寸不可上，失勢一落千丈強」；白居易的《琵琶行》：「大弦嘈嘈如急雨，小弦切切如私語。嘈嘈切切錯雜彈，大珠小珠落玉盤。間關鶯語花底滑，幽咽泉流冰下難。……銀瓶乍破水漿迸，鐵騎突出刀槍鳴」；李賀的《李凭箜篌引》：「崑山玉碎鳳凰叫，芙蓉泣露香蘭笑。十二門前融冷光，二十三絲動紫皇。女媧煉石補天處，石破天驚逗秋雨」。在這些詩裏，作者的想像都一飛沖天，藉大量的比喻在無垠的聯想空間迴翔怒飛。

中學語文科的同學，明白了上述技巧，然後把我所用的比喻、隱喻、借喻和音樂的意境、情調、緩急、動靜、弛張、起伏結合，閱讀《聽陳蕾士的琴箏》時，就不會有太大的困難了。

一九九三月九月二日

附錄：聽陳蕾士的琴箏

他的寬袖一揮，萬籟
就醒了過來。自西湖的中央
一隻水禽飛入了濕曉，
然後向弦上的漣漪下降。

月下，銀暈在鮫人的淚中流轉，
白露在桂花上凝聚無聲，
香氣細細從睡蓮的嫩蕊
溢出，在發光的湖面變冷。

涼露輕輕地敲響了水月，
聲音隨南風穿過窗櫺
直入殿閣。一陣盪漾
過後，湖面又恢復了平靜。

他左手抑揚，右手徘徊，
輕撥著天河兩岸的星輝。
然後抑按藏摧，雙手
游隼般俯衝滑翔翻飛。

角徵紛紛奪弦而起，鏗然
躍入了霜天；後面的宮商
像一隻隻鼓翼追飛的鷂子
急擊著霜風衝入空曠。

十指在急縱疾躍，如脫兔
如驚鷗，如鴻雁在大漠陡降；
把西風從竹林捲起，把木葉
搖落雲煙盡斂的大江。

十指在翻飛疾走，把驟雨
潑落窗格和浮萍，颯颯
如變幻的劍花在起落迴舞，
彈出一瓣又一瓣的朝霞。

雪晴，山靜，冰川無聲。
在崑崙之巔，金色的太陽
擊落紫色的水晶。紅寶石裏
珍珠如星雲在靜旋發光。

然後是五指倏地急頓……
水晶和融冰鏗然相撞間，
大雪山的銀光驀然在高空
凝定。而天河也靜止如劍。

廣漠之上，月光流過了
雲漢，寂寂的宮闕和飛檐
在月下聽仙音遠去，越過
初寒的琉璃瓦馳入九天。

一九八二年九月二日

後記：

陳蕾士，當代音樂家，在中大任職期間，曾邀思果先生和我到崇基的音樂資料室聽他彈奏琴箏。崇基的音樂資料室幽靜雅致，外牆披垂著常春藤，四周盡是花木和鳥聲。那天下午，我在琴音中成了個雅士，彷彿置身於古代的中國。現在陳先生已經退休，思果先生遙居美國，我也離開了中大，轉往港大教書，有空的時候只能聽聽陳先生贈送的唱片。當日美妙的琴音和箏聲，早已在吐露港的風中消逝了。

一九八三年八月十二日追記

三民叢刊書目

㉑浮生九四 ・雪林回憶錄　蘇雪林著
㉒海天集　莊信正著
㉓日本式心靈 ・文化與社會散論　李永熾著
㉔臺灣文學風貌　李瑞騰著
㉕干儛集　黃翰荻著
㉖作家與作品　謝冰瑩著
㉗冰瑩書信　謝冰瑩著
㉘冰瑩遊記　謝冰瑩著
㉙冰瑩憶往　謝冰瑩著
㉚冰瑩懷舊　謝冰瑩著
㉛與世界文壇對話　鄭樹森著
㉜捉狂下的興嘆　南方朔著
㉝猶記風吹水上鱗 ・錢穆與現代中國學術　余英時著
㉞形象與言語 ・西方現代藝術評論文集　李明明著
㉟紅學論集　潘重規著
㊱憂鬱與狂熱　孫瑋芒著
㊲黃昏過客　沙究著
㊳帶詩蹺課去　徐望雲著
㊴走出銅像國　龔鵬程著
㊵伴我半世紀的那把琴　鄧昌國著
㊶深層思考與思考深層 ・轉型期國際政治的觀察　劉必榮著
㊷瞬間　周志文著
㊸兩岸迷宮遊戲　楊渡著
㊹德國問題與歐洲秩序　彭滂沱著
㊺文學關懷　李瑞騰著
㊻未能忘情　劉紹銘著

47 發展路上艱難多　孫　震著
48 胡適叢論　周質平著
49 水與水神・中國的民俗與人文　王孝廉著
50 由英雄的人到人的泯滅・法國當代文學論集　金恆杰著
51 重商主義的窘境　賴建誠著
52 中國文化與現代變遷　余英時著
53 椽溪雜拾　思　果著
54 統一後的德國　郭恆鈺主編
55 愛廬談文學　黃永武著
56 南十字星座　呂大明著
57 重疊的足跡　韓　秀著
58 書鄉長短調　黃碧端著
59 愛情・仇恨・政治・漢姆雷特專論及其他　朱立民著
60 蝴蝶球傳奇・真實與虛構　顏匯增著
61 文化啓示錄　南方朔著
62 日本這個國家　章　陸著
63 在沉寂與鼎沸之間　黃碧端著
64 民主與兩岸動向　余英時著
65 靈魂的按摩　劉紹銘著
66 迎向眾聲・八〇年代臺灣文化情境觀察　向　陽著
67 蛻變中的臺灣經濟　于宗先著
68 從現代到當代　鄭樹森著
69 嚴肅的遊戲・當代文藝訪談錄　楊錦郁著
70 甜鹹酸梅　向　明著
71 楓　香　黃國彬著
72 日本深層　齊　濤著

⑦③美麗的負荷

封德屏　著

本書是作者從事寫作的文字總集。有少女時代所寫，如詩如歌的雋永小品；更有以求眞存眞的態度詳實記錄而成的報導文字，對象涵蓋作家、影劇圈、藝術家等文藝工作者的訪談記錄。值得有心人一起駐足品賞。

⑦④現代文明的隱者

周陽山　著

生爲現代人，身處文明世界，又何能自隱於現代文明？本書內容包括散文、報導文學、音樂、影評、書評等，作者中西學養兼富，體驗靈敏，以悲憫之心關懷社會，以詳贍分析品評文藝，是學術研究外，結合專業知識與文學筆調的另一種嘗試。

⑦⑤煙火與噴泉

白靈　著

本書詳盡的評析了新詩的源起及演變、臺灣詩壇的今與昔，除介紹鄭愁予、葉維廉、羅青等當代名家的詩作及創作理念外，並給予初習新詩者的入門指引，值得想一探新詩領域的您細細研讀。

⑦⑥七十浮跡
・生活體驗與思考

項退結　著

本書是作者一生所思所悟與生活體驗。從青年時米蘭求學，到「哲學之遺忘」的西德八年，再到主持《現代學苑》實踐對文化與思想的關懷，最後從事教學與學術研究的漫長人生歷程。雖是略帶有自傳性質，卻也反映了一個哲學人所代表的時代徵兆。

⑦⑦永恆的彩虹

小民 著

問世間情是何物，怎教人如此感念，環遶家園周遭的倫理親情、憶往懷舊的大陸鄉情、恒久不渝的溫馨友情……，是多麼的令人難以忘懷。本書作者以平和的語氣、平實的筆調，娓娓道出人世間的種種至情，讀來無限思情襲上心頭。

⑦⑧情繫一環

梁錫華 著

寫作是件動腦動筆的事，使人保持身心熱切，而創造性的熱切是有助健康和留住青春的。本書作者以其悲天憫人的襟懷，寓理於文，冀望讀者會心處，除了青春、健康外，另有所得。

⑦⑨遠山一抹

思果 著

本書是作者近二十年來有關文藝批評、中英文文學、語文、寫作研究的精心之作。作者學貫中西，探究深微，以精純的文字、獨到的見解，寫出篇篇字斟句酌、妙筆生花的佳作，令人百讀不厭。

⑧⓪尋找希望的星空

呂大明 著

在人生的旅途中，處處是絕望的陷阱，但晚星的光芒是黎明的導航員，雨後的彩虹也會在遠方出現，絕望懸接著希望，超越絕望，希望的星空就呈現在眼前，願這本小書帶給您一片希望的星空……

⑧領養一株雲杉

黃文範　著

有人說，散文是作家的身分證，對譯人何嘗不是如此。本書是作者治譯之餘，跑出自囿於譯室門外自遣的心血結晶。涉獵範圍廣泛，文字洗練而富感情，展現作者另一種風貌，帶給讀者一份驚喜。

⑧浮世情懷

劉安諾　著

本書是作者以其所思、所感、所見、所聞，發而為文的結集。作者才思敏捷，信手拈來，或詼諧、或雋永，皆屬上乘。在這匆遽忙碌的時代，不妨暫停一下，此書當能博君一粲。

⑧天涯長青

趙淑俠　著

文藝創作者身處他鄉異國，該如何面對因文化差異所帶來的困擾？本書所描寫的，是作者旅居異域多年的感觸、收穫和挫折。其中亦有生活上的小點滴，時而凝重、時而幽默，清晰的呈現出東西文化的異同風貌，讓讀者享受一場世界文化的大河之旅。

⑧文學札記

黃國彬　著

作者放眼不同的時空，深入淺出地探討文學的現象、趨勢，以至個別作家的風格，舉凡詩、散文、小說、文學評論等，都能道人所未道，言人所未言，把學問、識見、趣味共冶於一爐，堪稱文學評論集的佳作。

⑧⑤訪草（第一卷）

陳冠學 著

本書是作者於田園生活中所見所感之作，內有田園意，有家居圖，有專寫田園聲光、哲理的卷軸。喜愛大自然田園清新景象的讀者，將可從中獲得一份未曾預期的驚喜與滿足；另有一小部分有關人性與人生哲理的文字，則會句句印入您的心底。

⑧⑥藍色的斷想
・孤獨者隨想錄ABC全卷

陳冠學 著

本書是作者暫離大自然和田園，帶著深沉的憂鬱面對人世之作。一路上你將有許多領略與感觸，時或有天光爆破的驚喜；但多數時候，你的心頭將披著一襲輕愁，甚或覆著一領悲情。這是悲觀哲學，卻是被熱情、關心與希望融化了的悲觀哲學。

⑧⑦追不回的永恆

彭歌 著

本書是《聯合報》副刊上「三三草」專欄的結集。作者以其犀利的筆鋒，對種種社會現象痛下針砭，冀望這些警世的短文，能如暮鼓晨鐘般，在這變亂紛乘的時代，起著振聾發聵的作用。

⑧⑧紫水晶戒指

小民 著

俗世間的珍寶，有謂璀燦的鑽石碧玉，有謂顯榮的列鼎封侯。其實生活就是人生最美的寶物，不假外求。非常喜愛紫色的小民女士，以她一貫親切、自然的文筆，輯選出這本小品，好比美麗的紫色禮物，要獻給愛好文學也愛好生活的您。

⑧⑨心路的嬉逐

劉延湘 著

本書筆調清新幽默，論理深刻而又能落實於生活踐履。走一趟作者精心安排的「心路」之旅，您將莞爾一笑，心情頓時開朗。而您也將發現，原以爲只是一條山間小路，結果卻是風景優美、鳥語花香的舒坦大道。

⑨⓪情書外一章

韓秀 著

情與愛是人類謳歌不盡的永恆主題，它爲空虛貧乏的現代生活加添了無數的色彩。本書記錄下了作者在日常生活中感受到的親情、愛情、友情及故園情，在書中點滴的情感交流裏，在這些溫馨的文字中，我們是否也能試著尋回一些早已失去的東西。

⑨①情到深處

簡宛 著

本書是作者旅美二十五年後的第二十五本結集。身爲一個教育家，作者以其溫婉親切的筆調，寫出篇篇充滿溫情的佳構，不惟感動人心，亦復激勵人性。將愛、生活與學習確實的體驗，眞正感受到人生的有情，生命也因此生意盎然。

⑨②父女對話

陳冠學 著

一位老父與五歲幼女徜徉在山林之間，山林蓊鬱，山泉甘冽，這裡自有一份孤獨的甘美。本書是記述作者父女在人世僻靜的一個角落，過著遺世獨立的生活的文學畫。舉世滔滔，這應是一面明鏡，堪供讀者對照。

⑨③陳冲前傳

嚴歌苓　著

在好萊塢市場，多少人一夜成名直步青雲，又有多少人一朝雲中跌落從此絕跡銀海。身爲一個中國人，陳冲是經過多少奮鬥與波折，身爲一個聰慧多感的女子，她又是經過多少的心路激盪，才能處於這洶湧波滔中。本書將爲您娓娓道出陳冲的故事。

⑨④面壁笑人類

祖　慰　著

本書是有「怪味小說派」之稱的大陸作家祖慰，在巴黎面壁五年悟得的佳構。他的散文神遊八荒，情貫萬里，將理性的思惟和非理性的激情雜揉一起。讀其作品既能吸收大量的科普知識，又可汲取其飄逸文風的美感享受。

⑨⑤不老的詩心

夏鐵肩　著

夏先生一生從事文化工作，大半心力都用在鼓勵培植有潛能的青年人，助他們走上文學貢獻之路。而他本身亦創作出不少的長短佳文。本書收錄計有：詩詞小品、散文、方塊評論等。作者一顆不老的詩心，洋溢在篇篇佳構中。

⑨⑥雲霧之國

合山　究　著

使中國風土之特殊性獨具一格的，與其說是天地的廣大，不如說是因塵埃、雲煙等而爲之朦朦朧朧的自然空間吧！精氣、神仙、老莊、龍、山水畫、奇書等，其產生是有如何玄妙的根源啊！就以「雲霧」爲起點，讓我們一起走進這美麗幻夢般的世界。

⑰北京城不是一天造成的

喜樂　著

打從距今七百五十多年前開始，北京城走進歷史的繁華紛亂。現在，且輕輕走進史册中尋常百姓的那頁，一盞清茶、幾盤小點，看純中國的挿畫、尋純中國的足跡。由博學多聞的喜樂先生做嚮導，就讓你我在古意盎然中，細聆歲月的故事。

⑱兩城憶往

楊孔鑫　著

霧裏的倫敦、浪漫的巴黎，除此之外，這兩城你可還留有其他印象。本書是作者派駐歐洲新聞工作二十多年的記錄。透過作者敏銳的筆觸，且讓讀者徜徉在花都、霧城的政經社會、文化藝術、風土人情以及歷史背景中。

⑲吹不散的人影

高大鵬　著

時代替換的快速，不知替換了多少人生舞臺上出現剎那的面孔；而人類，偏又是最健忘的族羣。本書中所收錄的文章，均是作者用客觀的筆，爲曾替人類社會或文化默默辛勤耕耘的「園丁」們，做最眞實的文字記錄。

⑳桑樹下

繆天華　著

本書是作者在斗室外桑樹陰的綠窗下寫就的小品散文。作者試圖在記憶的深處，尋回那些感人甚深的、發人深省的、或者趣味濃郁的人文逸事，不惟激勵讀者高遠的志趣，亦能遠離消沈，絕望的深淵。

國立中央圖書館出版品預行編目資料

文學札記／黃國彬著. --初版. --臺北
市：三民，民83
面；　公分. --（三民叢刊;84）
ISBN 957-14-2083-2（平裝）

1.文學-評論

820.7　　　83006591

著作人　黃國彬
發行人　劉振强
著作財產權人　三民書局股份有限公司
臺北市復興北路三八六號
發行所　三民書局股份有限公司
地址／臺北市復興北路三八六號
郵撥／〇〇〇九九九八一五號
印刷所　三民書局股份有限公司
門市部　復北店／臺北市復興北路三八六號
重南店／臺北市重慶南路一段六十一號
初　版　中華民國八十三年十月
編　號　S 85260
基本定價　叁元柒角捌分
行政院新聞局登記證局版臺業字第〇二〇〇號

ISBN 957-14-2083-2（平裝）

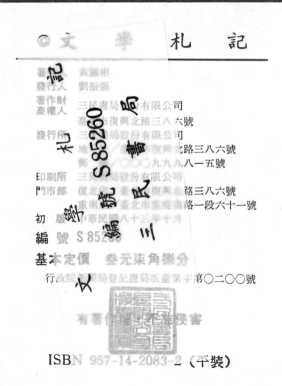

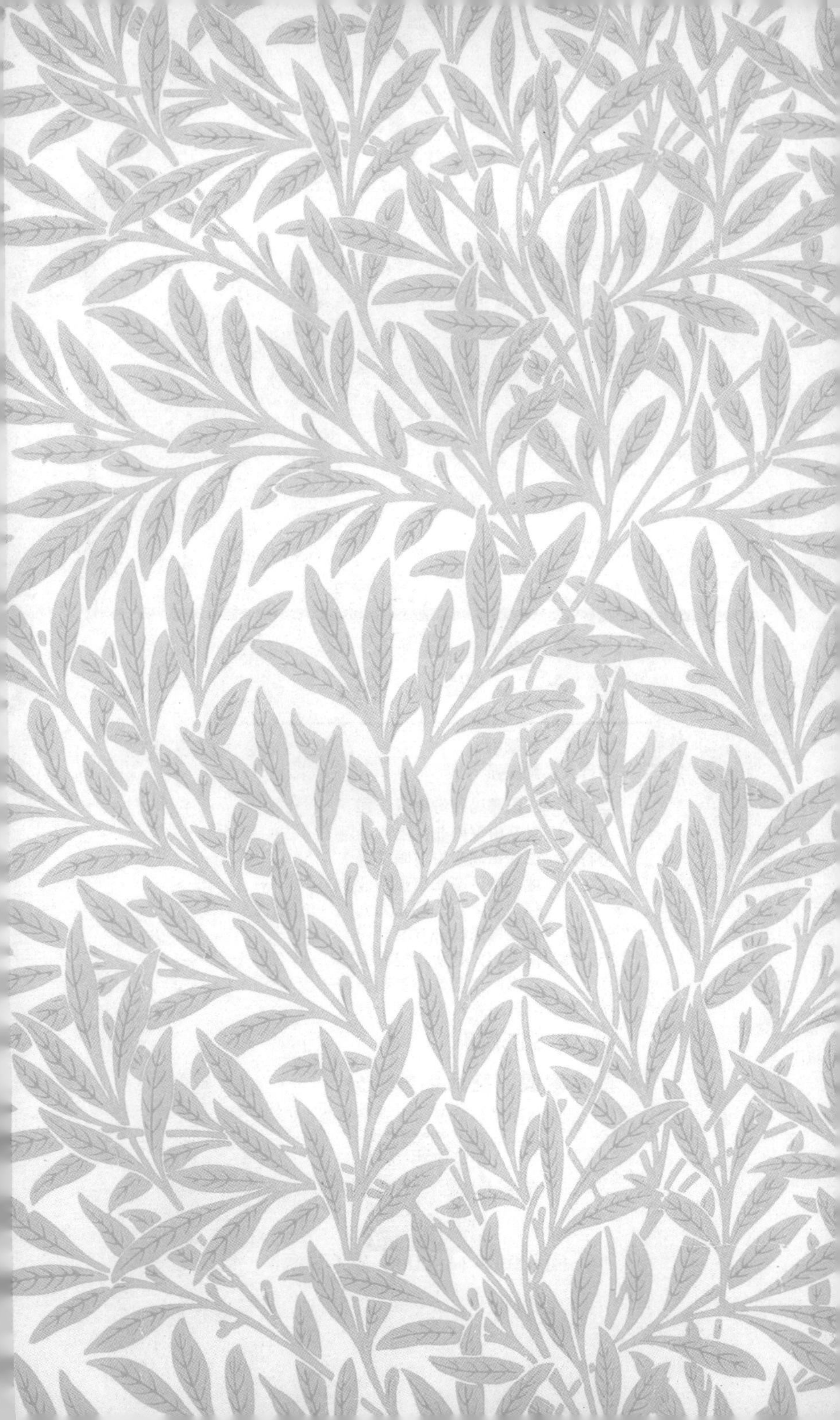